AF346296

WORILAGNON

DANS LES MÉANDRES DU PARADIS

Collectif

WORILAGNON
DANS LES MÉANDRES DU PARADIS

ISBN : 978-2-37806-310-8
© GNK Éditions, Abidjan, 2021

Préface

L'un des débats les plus brûlants et encore actuels, qui rabaisse, dans la compétition internationale, le caractère scientifique et la véracité des recherches africaines, c'est celui de l'oralité. L'oralité est, en effet, depuis longtemps contestée, comme une source fiable, en ce qui concerne l'Afrique. Elle est, de facto, facile à adultérer. Là où les Européens et le reste du monde écrivent onéreusement pour pérenniser leur témoignage, l'Afrique chante, bat du tambour ou immortalise ses récits dans des signes dans la nature qu'il faut décodifier. Méconnue et incomprise, beaucoup pensent à tort que l'Afrique n'a rien laissé en héritage au monde. C'est sans compter l'Égypte antique et la corne de l'Afrique, les fables, contes et légendes des vieillards d'Afrique Noire et le rôle des griots mandings finalement, pris entre tradition et modernisme, affriandé par le tourisme contemporain, la distraction, la médiocrité et le gain facile.

Les témoignages européens sur l'Afrique font vomir de haine. Sans commisération, avec la plus grande incompétence et ingratitude, les grands savants de l'Europe depuis Alvise Cadamosto avaient arquebusé l'Afrique qui les avaient accueillis avec hospitalité et leur avaient offert beaucoup d'or ainsi que l'énorme possibilité de l'aliéner et de l'exploiter. Les voyages capitalistes ou impérialistes qu'on jugeait et qualifiait de curiosité scientifique ne duraient jamais en moyenne une décennie. Il s'agissait de très courts séjours. D'aucuns même, se basant sur certains rapports ou de leur imagination, n'ayant jamais mis les pieds en Afrique, avaient enseigné dans de prestigieuses universités européennes du Siècle des Lumières sur l'Afrique et dans la plus grande couardise, stigmatisé sans merci l'Afrique, traitant les Africains de nègres, de sauvages, proches du singe, dépourvus de civilisation, voire d'intellect et de conscience, de barbares et j'en passe. On dit que tout ceci appartient au passé et qu'il ne faut plus en parler. Pourtant, ces héritages erronés constituent la plus grande base de données des préjugés raciaux et du racisme. Pourtant ils brandissent tous encore aujourd'hui même ce salmigondis : touristes, politiciens, étudiants, coopérants…

De l'autre côté, des Africains, ayant appris la langue des Européens, vivant depuis plusieurs décennies déjà en Europe, aptes et compétents à décrire objectivement les tares et les défis de leur intégration en Europe dans le contexte de la mondialisation, et aussi le racisme et la discrimination raciale dont ils sont victimes avec rémanence, préfèrent se taire, chanter, prier ou pleurer. Non, ils préfèrent encore l'oralité. De bouche à oreille, les Ivoiriens se téléphonent entre eux et se racontent leurs journées infernales. Ils pleurent, se lénifient, s'encouragent puis retournent subir la même chose demain. Ils sont corrodés par le système et défavorisés urbi et orbi en presque tout. L'administration les traite à certains endroits avec mépris. Tous les Africains en Europe connaissent la problématique du visa et du séjour qu'il faut prolonger. Mais quand après ils triomphent, par on ne sait comment, ils oublient tout. C'est une période si cauchemardesque qu'il faut vite l'effacer de la mémoire. Ils ne pensent plus alors que cela n'est pas normal et qu'il faut peut-être s'unir pour dire NON ou déjà prévenir les autorités africaines, les générations futures pour que l'Africain soit aussi dans ce village mondial traité comme égal. Non, ils partent. Et quand ils ont un problème derechef, ils recommencent à pleurer. Ils sont discriminés par ignorance, volontairement souvent, par incompétence politique et socio-culturelle… Mais ils entretiennent entre eux-mêmes des dissensions sur la terminologie racisme. Entre eux-mêmes, ils discutent intellectuellement avec véhémence et tranchent dans leur plus grande subjectivité et carence, à partir de quand il faut crier au racisme. Peut-être ont-ils peur d'être rapatriés? Peut-être ont-ils peur de vexer leurs hôtes? Peut-être ont-ils peur d'être traités d'activistes ou ironiquement même de racistes ou de rendre le racisme trop essentialiste. Ils restent là, béjaunes, bréhaignes, à quia, inactifs. Et pourtant tout le monde passe au laminoir. Chaque Noir connait la descente aux enfers en Europe.

J'avais entendu des témoignages qui m'avaient révolté et fait pleurer. Mais pourquoi se taisent-ils diantre? Même quand l'idée de publier cette anthologie se précisa, beaucoup de doctorants, d'étudiants, d'élèves en formation et de travailleurs, tous sérieux et responsables, nobles et battants, qui étaient victimes de discrimination raciale et qui semblaient avoir beaucoup à dire se turent spectaculairement. Il était question de prendre des responsabilités. Jean Paul Sartre nous donnait raison. On écrivait quand on avait quelque chose à dire. Et les Noirs en Europe avaient beaucoup à dire. Leur silence était moribond et lâche. Ils pensaient être neutres, sages et impartiaux…

À cette anthologie, on voulut d'abord donner le titre « Paradis pourri ». Cependant, conscients que les réalités différaient les unes des autres, et ne voulant heurter aucune sensibilité, nous avons opté finalement pour « Worilagnon » (porteurs de messages) – Dans les méandres du paradis. L'Europe, à quelques égards, est nettement mieux que l'Afrique. Naitre dans un pays ne donne toutefois aucunement le droit de se sentir supérieur à autrui. La vie est bien assez difficile et chacun court à la recherche du bonheur. Beaucoup sont bluffés par l'Europe. Oui l'Europe est un paradis, un tremplin essentiel, une oasis, une thébaïde. Mais il y a un prix à payer. Il y a des abus et des tares. Et c'est ensemble, en informant les bourreaux « involontaires » et les candidats « suicidaires » qu'elle pourra s'abonnir. L'objectif n'est pas d'obombrer l'Europe. Autrement que ferions-nous encore ici ?

L'anthologie se sert de presque tous les genres littéraires : la prose et la versification. Elle opte pour le poststructuralisme. « L'auteur est mort » (Roland Barthes). Ainsi, il ne faut pas se poser la vaine question de savoir si les participants à cette anthologie sont les sujets de leurs écrits. Qu'il s'agisse d'autobiographie ou pas, le but est une profonde réflexion et une analyse critique littérarisées. D'ailleurs, il n'est pas seulement question de racisme. Il est question d'économie (Donatien Aka), de déréliction (Achi Fabrice, Aicha Soro), de l'incompétence et du complexe du Noir lui-même (Lynda Kamakou). L'Afrique, elle-même n'est pas épargnée avec Diabaté Siaka. Peut-être, s'agit-il de littérature engagée. Vous la verrez laconique à quelques endroits, elliptique par moment. Elle ne sait pas si elle dit la vérité ou si elle est une littérature d'excellence. Non, les auteurs étaient pressés de dire ce qu'ils voyaient, entendaient, vivaient ou pensaient, toute l'expérience qui prenait forme dans leurs esprits. Et cela n'avait pas essentiellement du temps pour les Belles Lettres. Pour mieux se faire entendre et comprendre, d'aucuns prôneront même le français ivoirien et d'Afrique ou le nouchi, et ce, pour toucher leur public, pour dire ce qui les tenait tant à cœur et ce qu'ils avaient à dire (Tiboui, Koffi)… La vérité, quant à elle, reste au fond du trou, et ce n'est qu'une faible partie que nous tentons de dévoiler. Nous sommes conscients qu'elle n'est pas forcément vue et vécue de la même manière et qu'il y a encore d'autres choses à dire très prochainement.

David Landry SO

Fabrice ACHI

Adou Fabrice Achi est né le 30 Juillet 1990 à Adzopé (Côte d'Ivoire). Après avoir été reçu au Baccalauréat série A2 au Lycée Moderne II de Divo en 2009, il poursuit ses études au département d'allemand à l'université de Cocody Abidjan, rebaptisé en 2013 Université Felix Houphouët-Boigny Côte d'Ivoire d'où il fut diplômé en août 2016 d'un Master 2 en études germaniques option littérature allemande. Passionné de son élément, il décroche dans la même année de fin cycle, une bourse d'études pour l'Allemagne où il exerce de septembre 2016 à juillet 2017 comme assistant de langue française dans les lycées bavarois de Garmisch-Partenkirchen (Werdenfels-Gymnasium) et de Murnau (Staffelsee-Gymnasium). Aussi, faut-il le rappeler, il avait déjà commencé ses premiers pas dans l'enseignement en 2015 au Groupe Scolaire Jules ferry à Abidjan comme professeur d'allemand. Aujourd'hui, il suit une formation professionnelle dans les assurances santé et accidents de travail à Munich, en République fédérale d'Allemagne. Depuis Octobre 2018, Fabrice Achi rédige aussi une thèse de doctorat sur l'image de l'Africain et de l'Afrique dans les littératures africaine et allemande à la Friedrich-Alexander-Universität Nürnberg-Erlangen.

Notre expérience dans les vices de Versa

Ceci relate une expérience, un voyage sur un espace autre. C'était la joie, une folie et un grand challenge relevé au sein des nôtres, mais aussi un à relever avec les autres. Je savais que ce n'était pas fini, c'était une aventure qui débutait, un nouveau chapitre ou encore une nouvelle partie d'un livre de l'histoire d'une vie, leur histoire et la nôtre. J'étais émerveillé une fois sur place, j'étais heureux mais aussi paumé. La bouffe, le paysage tout était nouveau; une renaissance au milieu d'un nouveau monde, celui de Versa, qui elle, était beaucoup plus claire de peau et avait un cœur sûrement plus pur, parce qu'on avait beaucoup de vices. On n'était pas exempt de reproches. Ça y est. Il a réussi un grand pari mais il devrait aussi s'assurer qu'il pourrait maintenir le cap parce que Versa avait l'air ravissante mais semblait attendre beaucoup de nous. Il n'y avait donc plus de marche en arrière. Mais cela, on l'ignorait encore ou moins totalement.

Au commencement, le boulot était tranquille, moins stressant et fascinant. Aussi léger que naïf, on se laissait trimbaler par les invitations çà et là des amis de Versa. Sûrement, le bonheur ne venait jamais seul ou Versa nous aurait un peu survendus auprès des siens. Dans notre délire, nous étions assurément devenus importants ou était-ce une enquête de moralité ? Car les invitations qui foisonnaient étaient en fin de compte de vrais interrogatoires flippants. Non, nous étions sûrement intellectuels, nous devrions nous s'y mettre, à cette nouvelle vie autour de ces journalistes amateurs et pecnots mal intentionnés : de vrais paparazzis.

Oui, nous étions dans les vapes, ah oui, nous étions assurément partis chercher loin. Aussi, faut-il le mentionner les quatre saisons : à chaque saison, son accoutrement, un climat pourri, pays froid aux mœurs peu communes aux nôtres. Je refusais de voir le choc culturel et les différences, parce qu'au-delà de tout, c'était l'humain d'abord qu'on devrait voir. Ici, nous disait Versa, ce n'est pas d'abord l'humain qu'on cherche. On était d'abord observé par tous mais à la fois par personne, parce qu'on voyait d'abord à travers moi un autre à carrure indésirable, une culture autre ne cadrant pas. En fait, c'était l'inverse, on était d'abord rangé dans des cages d'où chacun devait en sortir suivant un processus d'intégration interminable qui commençait au plus bas de l'échelle, un véritable parcours de combattant et jusque-là on s'y colle tous. C'était seulement après cela que Versa te reconnaissait ton humanité, voire ton existence. De toute façon, on en sort finalement, soit très révolté intérieurement, soit corrompu ou bien grandi et ouvert sur les mondes, toutefois avec des entailles intérieures profondes infligées par une guerre invisible.

On ne comprenait pas, on voulait y voir plus clair ou encore de plus près. On avait déjà les pieds dans le plat et aussi les mains sur la coupe de vin, et puisque ce vin était déjà tiré, il fallait le boire. Chez Versa, c'était une autre forme de jungle sans forêt dense, sans animaux dangereux qui courent à quatre pattes, mais il fallait tout de même se battre pour y survivre.

Retranché dans une solitude sans précédent, on fait une profonde remise en question, pas des moindres, une introspection et on se voit détruit à petit feu. Cependant, les regrets n'ont pas raison d'être, on ne rêve pas aussi quand on est gelé-congelé de surcroit dans une cage imaginaire parce qu'on y voit ses rêves sombrer dans une misère psychologique, son égo brisé. On se voit infantilisé et inutile, on se voit prisonnier de ses envies, de ses passions et désirs. Dans ce retranchement solitaire, on voit nos atouts, la force du nombre, on se donne un coup de remember dans le souvenir d'un passé récent, on voit notre vie antérieure défilée avec toute sa richesse et sa joie débordante et cela nous rend plus intelligent que dis-je, plus sensible, plus sage, plus avisé mais malheureusement encore moins solidaire. Persuadé d'un courage africain, on devient poète aux rimes de Hugo, on devient rappeur aux punchlines engagées et philosophe avec une sagesse populaire personnalisée. On n'en a rien à carrer, ou est la force du nombre quand on se rend compte qu'

On n'est pas nés en occident

On y est arrivés par accident
Et pour quelqu'un qui se voyait dans un bureau
Se taper les petits boulots, puis
Se retrouver la tête sous l'eau, on cherche ses repères

Ici, on apprend à ne pas perdre la face, le retour de l'enfant prodigue est un espoir pour les siens, pour sa communauté. Mais ici chez Versa, les autres communautés ne sont pas reconnues ou du moins sont divisées en trois classes. Et quand on catégorise les gens, forcément, ils s'éloignent. Quand on les boycotte autant, forcément, ils se lassent. Comment relever ces défis-là ?

C'est ainsi qu'on devient grand fan du rap de constat d'urgence, de slam engagé, de Youssoupha, de Kerry James, de Two Park et de Gims. Voilà des gens qui nous ressemblent, qui ont certainement été élevés dans cette situation bien avant nous et qui la chantent de façon subliminale. On comprend ainsi que, finalement, on roule encore en troisième classe. Si notre quotidien se déroulait dans un bateau, on serait du coup assis parmi les rameurs. Et donc on rame mais tout ceci à l'insu des parents qui attendent un retour glorieux, en fait, un retour pour leur gloire. Ils ne peuvent rien comprendre, même expliqué en langue maternelle. Dans ce cas, on se condamne à ne rien dire, on se camoufle nos agonies en dessinant nos rêves.

On réalise qu'on écoutait du Youssoupha et ses amis, on entendait les messages qu'ils portaient et on les dansait. Aujourd'hui encore, on doit les écouter chanter pour les fredonner et mieux les méditer. On apprend ainsi à mieux appréhender le bonheur ou même à le redéfinir dans l'autodiscipline : oui, on le fait.

C'est là-bas chez Versa qu'on a su qu'on apprend à être heureux, parce que les gens avec tous leurs avoirs ne le sont pas : oui, on l'a vu. On a par la suite appris ici que Dieu est mort, du coup entre la cité Versa et Lui, c'est mort. Un coup dur pour la foi, mais on croit dur comme le fer en nos crédos.

L'espoir : on a aussi appris que l'Afrique est le continent du futur, l'Afrique c'est l'avenir, on espère pour elle que c'est une blague. Au cas échant, on voudrait seulement être encore en vie pour voir cela, pour voir son regard, son discours sur l'Afrique, on pourrait, peut-être, mieux appréhender l'être humain dans sa diversité, dans son monde, qui paraît-il, est complètement fêlé. Ce serait peut-être une sorte de rétribution, d'équité, d'égalité ou le paradis sur terre ? À ce qu'on voit, une guerre nous est déclarée !?

Ce serait beau, si on montait un peu dans notre propre estime, si on observait le bel exemple que représente la classe asiatique, ce serait possible si on trouvait les raisons de nos propres divisions et voyions nos pires ennemis dans notre miroir. Nous n'accuserons toujours pas Versa de ce que nous sommes nous-mêmes…

Donatien AKA

Donatien Aka est né le 28 décembre 1989 dans le village d'Ebilassokro, sous-préfecture d'Abengourou dans l'Est de la Côte d'Ivoire. Sixième d'une famille de sept enfants, Donatien Aka fit les premiers pas de son cursus primaire en 1995. Six ans après il obtint le Certificat d'Études Primaire Élémentaire.

Dans la ville d'Abengourou, il commence le premier cycle du secondaire avec un parcours plutôt moyen, car plus attiré vers les stades de foot loin desquels il ne pouvait imaginer son avenir. C'est en classe de troisième que l'élève prend véritablement son stylo en main pour se hisser parmi les meilleurs élèves de sa promotion. Après le Brevet d'Étude du Premier Cycle obtenu avec brio, il achève le second cycle du secondaire dans le Lycée Moderne de la même ville.

Tout ce parcours fût sanctionné par un Baccalauréat de Série A2 en 2009 avec l'un des meilleurs records de la région. Il effectue ensuite des Études universitaires en Germanistique à l'Université de Cocody à Abidjan. Après des années de fermeture de ladite université en raison des troubles sociopolitiques, c'est finalement en 2016 que Donatien Aka obtient le Master 2 en Germanistique option Littérature. Étudiant exemplaire, il obtient une bourse de l'État de Bavière lui permettant de travailler en tant qu'assistant de langue française dans deux lycées de la ville d'Erlangen, c'est dans la moyenne Franconie en Bavière, dans le sud-ouest de l'Allemagne. Aujourd'hui Donatien Aka a décidé d'ajouter une autre corde à son arc et exerce le métier de Commercial dans les Assurances maladie.

Contact culturel

Loin de toute science, nous étions affalés, dans nos forêts sauvages, à vivre de la chasse, de la pêche, de la récolte et de la cueillette. Notre paradis, c'était ça, sans leurre aucun. C'est alors qu'ils apparurent sur la terre de nos ancêtres autour du XVe siècle avec le fâcheux alibi que nous étions des peuples en manque de civilisation. Je m'interroge encore souvent de ce qu'il y avait de mal à être sans civilisation, si tant était que, nous n'avions aucun contact et ne souhaitions d'ailleurs aucun contact avec eux les occidentaux. Aussi illettrés ou analphabètes que nous fûmes, nous étions bien conscients de nos richesses naturelles et humaines. La civilisation elle-même étant définie comme l'ensemble des caractères communs à un groupe d'individus issus d'une même société, la notion de « peuple sans civilisation » était erronée à l'origine car nous avions nos habitudes. Il y avait des rituels et des phénomènes typiques à nos sociétés. Nous avions en clair notre civilisation. Si le baromètre de la civilisation d'autrui, c'était notre civilisation à nous, alors j'aurais eu envie de dire aujourd'hui aux occidentaux qu'eux non plus, ne sont pas civilisés, parce qu'ils sont différents de nous les Africains. La civilisation est, tout à fait, comme la beauté, ses critères peuvent bien varier d'une communauté à une autre. Il fallait, en effet, juste un prétexte pour berner la masse noire afin de l'exploiter de fond en comble. Quoi qu'il en soit, cette mission avait été exécutée avec maestria par nos chers sous-préfets à la peau blanche, aux pensées noires lugubres et mesquines. On les appelait chez moi « Blô' fouê » pour une simplification linguistique. Sinon, mes aïeux disaient plutôt « Blô lô fouê » c'est-à-dire extraterrestre, l'homme venu de l'au-delà.

Aujourd'hui, ces enfants et petits-enfants de sauvages, de barbares que nous sommes, avions parfaitement assimilé et acquis les théories et valeurs que vous aviez avec tant d'amour, tant d'humanité et d'humanisme appris à nos grands-parents, si bien que nous manions avec habileté votre langue, votre technologie et votre si prestigieuse culture. Poussés donc par notre soif de connaissance, parce que nous aussi, tout comme vous, sommes doués de conscience, même si vos éminents penseurs s'étaient attelés à vous faire gober le contraire, aujourd'hui plus que jamais vous en avez la preuve. Oui nous avons soif de découvrir, nous avons si soif que nous sommes même prêts à boire toutes les eaux des mers, à traverser la mer rouge, noire, bleue, verte, et que sais-je encore, pour faire nôtre la culture qui est vôtre.

J'ai coutume de le dire, la plus grande perte de l'Afrique dans cet échange avec l'homme blanc, c'est de lui avoir offert non pas la main-d'œuvre ou les matières premières, car ces potentiels demeurent toujours et sont, en fait, intarissables, mais de lui avoir légué une grande partie de sa confiance. Une confiance dont l'abus devait être conçu comme quelque chose de tout à fait naturel… Que pourrions-nous attendre de plus dans un monde où le bourreau devient le justicier. Bon bref!

Aujourd'hui, nous autres, avons la chance de côtoyer avec plus de recul ces super-hommes dans leur quotidien et c'est justement là qu'on peut faire des expériences tout aussi fabuleuses que fâcheuses. Je me suis rendu compte de ne plus appartenir à mon monde, lorsqu'un soir d'été, je me retrouvai sur un terrain de foot, irradiant de soleil à huit heures du soir. Je me disais «bon Dieu, c'est dingue ce monde, du soleil à pareille heure!» Je pouvais comprendre maintenant pourquoi nous n'avions pas les mêmes manières de voir les choses. Tout était si différent. Sans langue de bois, j'avoue que tout ceci, bien que nouveau, était plutôt impressionnant dans le sens positif du terme. Je découvrais ce que nous avons pu appeler développement du fond de notre sous-développement. J'étais ébloui de savoir que je n'avais plus besoin de me stresser pour mon déplacement du lendemain. Il me suffisait d'utiliser une application étant à la maison pour savoir exactement à quelle heure mon train ou mon tramway ou mon bus venait. Mais mieux, je pouvais aussi savoir l'heure à quelle j'arrivais à destination. Pareillement pour la météo, je pouvais d'avance connaître avec précision, avant d'entreprendre telle ou telle activité ou m'habiller. Tout ceci paraissait anodin, mais en réalité, cela ne l'était pas du tout. Ici toutes les rues avaient des noms, chaque porte était affectée d'un numéro pair ou impair, c'était selon. En conséquence, on pouvait, depuis sa chambre, effectuer tout achat de marchandises, qui ensuite, étaient livrées à domicile par l'une des nombreuses agences de livraison. On pouvait même se permettre le luxe de faire retourner la marchandise en question dans un certain délai en cas d'insatisfaction. C'était le paradis ! Mais en réalité tout n'était pas si rose que cela en avait l'air. Car avoir une peau de couleur noire n'était pas la meilleure des choses qu'on pouvait souhaiter à un étranger.

On nous appelait même par abus les hommes de couleur. En effet, c'était un abus car s'il y avait des hommes de couleurs sur cette planète, c'était bien eux, ces hommes blancs mais à la peau presque érysipélateuse. Des personnes, qui, une fois en colère ou émues devenaient rouges, quand elles étaient malades pâles ou blanches, après une grosse frayeur leurs nerfs devenaient plutôt verts. De véritables caméléons. C'étaient eux, les hommes de couleur. Comme quoi les préjugés raciaux ne se trouvaient pas que dans les livres d'histoire, c'était bien une réalité quotidienne. Au-delà de l'aspect racial, il existait plusieurs autres différences comportementales entre noirs et blancs. L'homme agit en majeure partie sur base de ses expériences ou de ses origines. Il est parfois difficile de comprendre autrui si l'on ne s'intéresse pas à sa culture. Il m'arrivait très souvent d'évoquer cette petite anecdote à certains de mes échanges, fussent-ils avec des camarades ou même avec certains Européens qui acceptaient de comprendre qu'il existait d'autres cieux et par ricochet d'autres mœurs, d'autres coutumes, d'autres traditions et donc d'autres comportements. C'était en fait l'histoire d'une dame de ménage Allemande qui avait à charge, l'assainissement d'un camp de réfugiés abritant en majeure partie des populations venues de l'Afrique de l'Est où la famine, la guerre et par-dessus tout, la sécheresse n'avaient plus aucun secret. Dans ces zones, la pluie était bien plus qu'un bien précieux, c'était un miracle. Alors la bonne dame qui m'expliquait parfois sa surprise en raison du non-usage des toilettes par ces gens originaires de la corne de l'Afrique… – Corne de l'Afrique – comme si notre continent était un animal sauvage. Notre continent était diabolisé, on lui attribue même des cornes… Bref, revenons donc à notre histoire ! Ces gens en effet préféraient, de peur de salir les brillants carreaux des toilettes ou les sièges d'aisance, aller déféquer dans les herbes aux alentours du camp. Une situation complètement intrigante pour la dame de ménage. C'est ainsi qu'après ses propres enquêtes à travers ses échanges occasionnels avec certains jeunes de la communauté qui essayaient tant bien que mal de s'exprimer dans un langage correct qu'elle obtint les raisons de cette attitude. Pour ces gens, l'eau était si précieuse qu'ils ne s'imaginaient jamais l'utiliser pour leurs besoins, encore que ces eaux parussent ultra limpides. Devant le choc de cette révélation, la bonne dame ne put s'empêcher de fondre en larme. Voilà ce qui arrivait lorsqu'on ne se mettait pas un seul instant dans la peau de l'autre pour comprendre sa réaction et qu'on pensait que tout le monde devait faire automatiquement comme nous.

Une autre différente attitude entre les occidentaux et nous, c'était le sentiment pour eux que tout était donné, que tout était évident. On pouvait sans doute mieux comprendre pourquoi les quelques-uns qui avaient osé le voyage en Afrique en revenaient tout changés, plus ouverts et plus conscients de la chance qui était la leur de disposer de toutes ces infrastructures, d'un système de santé bien pointu qui trahissait la longévité des occidentaux. Regardons seulement les infrastructures sportives qui étaient monnaie courante parfois pour des clubs évoluant même dans la plus basse division de leur discipline. Tout y était. Mais aussi, tout ce confort n'était que la résultante de toute une pyramide économique dont ils se retrouvaient à la pointe avec une monnaie purement et simplement dominante. D'ailleurs, je me demande souvent à quoi cela servait, ces différences monétaires, si ce n'était que pour maintenir une certaine tranche de la population mondiale dans une servitude inexprimée. Et le paradoxe, c'était qu'aujourd'hui plus que jamais, la globalisation est prônée par ces mêmes occidentaux. Une globalisation avec des monnaies différentes. Si nous avions la même monnaie avec la même valeur, je ne pense pas que nous, pauvres jeunesses africaines, braverions de tels obstacles parfois au péril de notre vie pour tenter l'aventure européenne. Sans prétention aucune, je crois que je viens d'élaborer une solution durable à la lutte contre le flux migratoire. Alors chers maîtres du monde, la balle est dans votre camp car, croyez-moi, la plupart des Africains en Europe ne sont ni attirés par la neige, ni par les fleurs, ni par la cuisine européenne ou même par le soleil d'été. Ils sont bel et bien tenus et retenus par la valeur de l'Euro bien entendu en comparaison avec le franc CFA qui est de loin la monnaie la plus utilisée en Afrique Noire.

Si j'en arrive à parler de la monnaie, c'est que j'y ai longuement réfléchi, moi fils du planteur, producteur de matières premières. Je voudrais par-là vous inviter à une courte démonstration mathématique. Je crois qu'après cela, on pourrait mieux se comprendre. Je suis originaire de l'Est de la Côte d'Ivoire, zone productrice de café et de cacao, mais on va plutôt s'intéresser au café. Chez moi, le kilogramme de café bord champ est en moyenne 500 F. CFA, soit moins de 1 euro. Après l'avoir séché et pilé puis exporté en grande partie vers l'Europe, ce kilogramme de café nous revient à 25 000 F. CFA. Oui c'est bien cela vingt-cinq mille francs CFA. En réalité, le café vendu dans de petits sachets coûte 50 F. CFA et conscient de la pénibilité du travail de production de café, j'ai été curieux de lire la masse du café raffiné à laquelle équivaut la somme de 50 F. CFA, tenez-vous bien, 50 F. CFA, c'est le prix de deux grammes de café prêt à la consommation. En gros, le consommateur africain doit acheter 500 sachets de 2 grammes (500 fois 50 F. CFA c'est-à-dire débourser 25 000 F. CFA) pour récupérer son kilogramme de café vendu initialement à 500 F. CFA. Vous me direz certainement de penser aux coûts de transformation et aux paramètres d'acheminement des produits. Nul ne pourrait l'ignorer, cela dit le fossé entre le prix d'achat et le prix de revente est hallucinant… Comme pour dire il ne suffit pas de regarder mais de voir ce qui est pour comprendre notre société.

Koffi Cedric-Elysé ANO (O' Temps :Tic !)

Ivoirien d'origine, ANO Koffi Cédric-Elysé a un penchant pour les lettres et est un amoureux de poésie. À la quête d'un nouveau monde, il est actuellement en Allemagne, où il fait de la création littéraire un repère, un miroir, son épée de bataille.

Combien sont-ils
À rêver sans sommeil ?
Combien sont-ils
À rêver, les paupières vers les cieux ?
Combien sont-ils
À dormir sans fermer les yeux ?
Combien sont-ils
À rêver cet inconnu "paradis"

Combien sont-ils
À peindre dans leurs cœurs,
À peaufiner le tableau de cet inconnu "Eldorado" ?
Mais par centaines ou par milliers,
Ils comptent tous y aller,
Au péril de leurs vies.

Par centaines ou par milliers,
Ils comptent tous y aller, là-bas,
Traversant les couloirs sombres du désert,
Affrontant la peur dans la douleur,
Défiant la mort par l'honneur.
Évadés de la Méditerranée,
La bataille n'est point perdue.
Au premier coup de poing, c'est sûr
Coûte que coûte, ils iront là-bas, en toute fierté,
À Lampedusa, hisser le drapeau de la victoire.

Combien sont-ils à partir sans avenir ?
Combien sont-ils à souffrir sans y réussir ?
Combien sont-ils
À mourir là-bas sans revenir ?
Hier, c'était Diallo sur le bateau,
Emporté par la fureur de l'eau.
À l'aube, c'était Adjoua, noyé par les vagues.
Demain à qui le tour ?
Mais par centaines et par milliers,
Ils continuent de le rêver,
Leur "paradis européen".

Il l'a aussi rêvé, dans mille sommeils d'espoir.
Il l'a aussi cogité
À travers mille et une histoire.
Il est venu et l'a caressé.
Il est venu et l'a touché.
C'était un "paradis pourri"

O'TEMPS : TIC !

Il était sept heures du matin, en ce jour du 4 septembre. Maxime de si bonne, avait dérogé à sa règle de grasses matinées pendant cette période de vacances, pour apprêter le grand jour. Le jour précédent, il avait pris le soin de faire quelques courses à Adjamé : s'acheter quelques fringues, une nouvelle valise, des chaussures, un nouveau téléphone portable, des sous-vêtements, de nouveaux débardeurs, sans oublier de nouveaux sous-corps. En plus de cela, il avait fait le tour de tous les magasins pour s'acheter deux nouvelles vestes pour le froid et une "Brandit Boot Phantom 10" de presque cinquante mille Francs CFA. Ce jour-là, il fallait écraser sur les dépenses. En outre, il devait se sentir bien dans sa peau et surtout super fringué pour le grand jour. C'était ça, pour lui, l'une des caractéristiques du bon Ivoirien, qu'il était : imposer le respect partout où il allait, où il se trouvait. Après les magasins, il fit le tour des marchés pour denrées alimentaires.

Il s'évertua à s'approvisionner en denrées alimentaires, et ce, de la plus indispensable à la moins importante. Ce qu'il fit en premier, c'était de s'acheter des boules bien consistantes d'attiéké, ensuite de la pâte d'arachide, de la poudre de gombo sec, du akpi, du piment sec et en poudre, de la poudre de placali et de maïs, des clous de girofle. À côté de cela, il s'offrit un "purgeoir" tout neuf, car sa mère lui avait promis d'envoyer du village, des feuilles, écorces et racines de plantes et arbres à vertu médicinale, pour qu'il s'en serve comme remède traditionnel, au moment où la maladie surviendrait. Alors en ce matin, il n'avait qu'à tout ranger et faire ses valises. Ce qu'il fit avec l'aide de ses amis de chambre. Des heures plus tard, il partit chercher ses parents, venus pour la circonstance. Tout était réuni et prêt. Il fallait juste attendre le lever du soleil pour débarrasser le plancher, car ce soir une nouvelle histoire allait s'écrire.

Maxime, en effet, devait prendre l'avion pour l'Allemagne ce soir-là. Étudiant studieux qu'il était, avait eu un très bon parcours scolaire primaire et secondaire. Après son baccalauréat obtenu avec brio, il dut vagabonder deux années environ, à la maison, faute d'une crise politico-économique qui secoua son pays, quelques mois après l'euphorie et qui se solda par la fermeture des universités. Brisé de voir ses rêves partis en fumée, il prit son mal en patience. Fort heureusement, le nuage noir qui pesa sur le pays, finit par tomber et tout reprit de plus belle. Orienté au département d'études germaniques, avec à son actif cinq bonnes années d'études universitaires, couronnées par des diplômes, Maxime décida, pour des raisons personnelles, d'aller sculpter d'autres horizons. Il avait, comme bon nombre de ses amis, qui s'y trouvaient déjà, choisi de vivre aussi le rêve européen. Sa destination de prédilection fut l'Allemagne, ce pays à la grande histoire, à la grande civilisation, aux grands monuments et grandes attractions. Ce pays, cette nation, la première puissance industrielle européenne, la terre qui a vu naitre Goethe et Schiller, le pays des femmes fortes, dirigé par leur grande chancelière Angela Merkel et tout le reste qui l'embellit. Quoi de plus normal que d'y être ! Ce serait pour lui la meilleure opportunité, la plus belle occasion de toucher et de vivre de près tout ce qu'il avait entendu, étudié, appris sur ce pays depuis l'école secondaire et à travers les cours magistraux de ses professeurs d'université. Ce serait aussi la possibilité de perfectionner son niveau de la langue, apprendre leur culture et acquérir de nouvelles expériences. Alors, il avait par le biais de certains autres amis, postulé pour un contrat de service volontaire connu en Allemagne sous "Freiwilligendienst". Cela consistait à travailler pour des structures ou institutions à caractère social.

Le service pouvait se faire entre autres dans des hôpitaux, dans des crèches, dans des écoles, des maisons de retraite, des écoles pour handicapés ou pour réfugiés, dans des jardins d'enfants, dans des internats. Le contrat était mensuellement rémunéré, avec des assurances maladie, assurance sociale garanties. Ah ! Tout semble si bien là-bas, se disait-il, au su de tout ce qu'il entendait. Maxime avait obtenu le contrat dans une école pour enfants vivant avec des handicaps physiques et psychiques. Ce serait sûrement une belle expérience ! disait-il. En plus, il aurait droit à un toit pour dormir et tout ça serait aux frais de la structure. C'était vraiment pour lui le paradis rêvé et la chance à saisir, même s'il savait qu'il devait quitter sa terre natale, ses parents, briser tous ses liens tissés. Mais, pour lui il fallait tout tenter, car selon un adage "qui ne risque rien, n'a rien" et comme il se pensait audacieux, alors la chance lui sourirait à tout prix.

Il était 18 heures et 50 minutes, le soleil avait rangé ses rayons, autorisant à la lune de laisser briller les siens. Ah la vie ! Tout semble si bien se compléter. Maxime fit ses adieux à ses voisins de cité, remercia le campus de l'avoir hébergé et partit accompagner de ses parents, à l'aéroport. Le voyage était prévu pour 23 heures et 50 minutes. Après avoir fini tous les tralalas et démarches administratives de l'aéroport, l'heure était arrivée pour Maxime de quitter les siens. Après pleurs et rires, joies et larmes, après tristesse et réconfort, après prières et bénédictions, leurs chemins définitivement se séparèrent. Maxime patienta quelques heures à la salle d'attente, ensuite embarqua, puis l'avion fit son défilé dans les airs. Trois heures plus tard, il fit escale à Casablanca. Après six heures d'escale, l'avion redéplia ses ailes et trois nouvelles heures après, il atterrit à l'aéroport de Frankfurt. Après avoir remercié le ciel, Maxime descendit avec Ibrahim, un autre ami qui faisait le voyage pour les mêmes raisons. Manu, une autre, avait changé d'avion au Maroc. La douane passée, ils se rendirent, avec M. Kouamé, le voisin de vol de Maxime, qui leur servait de guide et d'aide ce jour. Les bagages récupérés, Ibrahim et Maxime se séparèrent et chacun poursuivit son chemin.

L'aéroport de Frankfurt était grand et agréable à voir, avec son décor, ses magasins, ses hôtels et restaurants. Il y avait des machines partout et des employés bien mis. Il y avait du monde partout, qui partait et revenait, tous pressés, il y avait des rires et sourires, des panneaux de publicité, le cadre était propre et bien assaini, il y avait une gare de train à l'aéroport, tout semblait si parfait, si bien pensé, si bien fait. C'était tout différent de son pays d'origine. Maxime vivait de plus près ce monde "eldoradique" qu'il voyait toujours à la télé. "Ah mi bô mi Maxime dô n'ga sou mi wô ablôtchi!" Ah moi Maxime, à cette heure, je me retrouve en Europe! Ensuite il cria bingué! Bingué! Je suis à bingué! La joie passée, il revint à lui. Il devait par train rejoindre la ville de Crailsheim. De là, une représentante de sa structure viendrait le chercher en voiture pour Wört, la destination finale. Son ticket de train lui avait coûté 80 euros, équivalent à 53 milles FCFA, ce qui avait considérablement réduit son budget de voyage. De plus, il attendait les réponses de Madame Nessland, sa représentante, qui peinait à répondre à ses courriels. Qu'est-ce qui allait lui arriver ou qu'allait-il faire si les choses se passaient autrement? Lui nouveau dans ce pays, où il faisait déjà moins de trois degrés dehors. Il ne pouvait effectuer d'appels car sa carte Sim orange de son pays était passée en roaming, de surcroit avec un sous-compte vide. Même le transfert d'unité de son ami Paul ne put rien résoudre car la seule minute d'appel avait épuisé la totalité du sous-compte. Là ses regrets commencèrent. Il se demandait s'il avait pris la meilleure décision en venant en Allemagne. Un vent de nostalgie souffla vers lui et il fut triste, déjà en ce premier jour de son arrivée, il voulut retourner au bercail. Mais c'était déjà peine perdue. Par l'aide de son ami Joël, tout rentra dans l'ordre et il retrouva le sourire.

Quelque temps après, il dut prendre congé de M. Kouamé et puis il prit son train. Avec son ticket, il voyageait en première classe, ce qu'il ne pouvait pas se permettre en avion. Le train était aéré et confortable, moins surchargé et il y avait de la place assise pour tout le monde. Pour expérience optimale en train, il était doté du Wifi, en plus gratuit. Cela donnait une autre coloration au voyage, un certain confort, quand il se rappelait que son université en Côte d'Ivoire peinait à recevoir le wifi, il se sentait tout rose d'être en Allemagne. Maxime était le seul passager de couleur noire dans le train. Çà et là, on lui lançait des regards ou des sourires, auxquels il répondait avec les siens. C'étaient des gestes qui ne paraissaient pas méchants, mais les apparences ne sont-elles pas trompeuses ? Il se demandait très bien les idées et pensées, qui se cachaient derrière tout cela, ce qui le mit dans un état d'inconfort, au point où il commença à se poser des questions sur lui ou à se regarder. Mais il ne se reprochait rien, il était ce jour bien endimanché sur son 31, tel que tout le monde le lui avait fait remarquer ce jour et en vrai, il n'en avait rien à cirer de ce que ces passagers pensaient. Il savait que l'Allemagne était un pays très tagué à cause de son passé raciste et il savait que même si les gens essayaient d'essuyer ces taches de boue sur leurs fronts, il n'en demeurait pas moins que c'était une réalité. Lui avant de venir s'était mentalement préparé à cela et tout ce qui l'intéressait en ce moment était d'arriver, de manger et de se reposer.

Une heure passée, le train s'arrêta à Crailsheim, son dernier arrêt. Là, Maxime rencontra Madame Nessland et tous deux partirent en voiture. Il était 23 heures 15 minutes, lorsqu'ils arrivèrent à Wört.

Khalif, un autre candidat pour le service volontaire, leur porta un coup de main pour les bagages. Il était originaire d'un pays d'Asie centrale et était là depuis quelques jours. À l'intérieur, ils firent connaissance avec deux autres filles, l'une Vietnamienne et l'autre Géorgienne. Maxime partageait sa chambre et sa douche avec Khalid et les filles avait les siennes.

Le lendemain, Madame Nessland les accompagna à la "Ausländerbehörde" ou bureau d'immigration pour les questions de prolongement de visa. Tout se passa bien heureusement. Pourtant avant eux, il y avait un couple qui disputait chaudement avec la femme au comptoir et à travers leur dire, on pouvait entendre que les étrangers étaient mal traités, dans les bureaux d'immigration par les employés qui devaient plutôt être là pour eux. De retour à la maison, ils firent un tour à la mairie pour leur enregistrement en tant que nouveaux habitants du coin, comme quoi ça leur servirait de GPS, au cas où, il y avait un faux coup. Les employés étaient accueillants et félicitaient Maxime pour sa maitrise de leur langue, qu'ils qualifient eux-mêmes de "schwere Sprache" ou langue compliquée. Le soir, ils firent une fête et mangèrent ensemble.

La semaine d'après, Maxime commença le service à l'internat plutôt que convenu, lors de son entretien. Il débutait l'après-midi de 15 heures 30 et terminait à 22 heures du soir. Le travail consistait à aider les enfants dans presque tous les domaines de leur vie, les aider manger, à se laver, à se vêtir, jouer avec eux pendant les pauses et changer leurs couches et bien d'autres choses. Maxime s'attendait à toute autre chose, à être à l'école et apprendre l'allemand aux enfants allemands.

Pendant cette période, doutes et regrets l'envahirent. Lui qui avait obtenu des diplômes universitaires, qui avait enseigné dans des collèges de son pays. Lui qui était apprécié et servait d'exemple à ses élèves pour son travail et la maitrise de cette langue qui leur posait tant de difficultés, lui qui était un modèle dans son club d'allemand, aujourd'hui, jouait à la ménagère, au babysitteur ou au coach sportif.

Cela était inconcevable, après toutes ces années passées, lui qui avait affronté la sélection naturelle et avait délié les rouages des cours souvent trop compliqués de ses professeurs d'université et du système universitaire de son pays. Il vivait un mal-être, en plus du travail qui l'épuisait. Il avait l'impression qu'il travaillait trop pour recevoir peu à la fin du mois et c'était juste de l'argent de poche qui servait à se nourrir et avec lequel, il ne pouvait pas investir. Il pensait à ses frères et sœurs restés au pays (Côte d'Ivoire), qu'il devait de temps à autre aider. À la maison, le courant ne passait plus bien avec ses co-locatrice qu'il trouvait par moment racistes. Elles se plaignaient juste du fait qu'il ne voulait pas se plier à leurs désirs de femmes un peu trop "émancipées". Il finit par déménager de là et emménager dans une autre maison pour volontaires.

Deux mois après, ses denrées alimentaires du pays s'étaient épuisées et il ne s'était pas encore bien familiarisé à la gastronomie de son "nouveau pays". C'était compliqué, le pain à la saucisse ne lui donnait plus d'appétit. Il se tapait souvent des jours sans manger. La famille au pays lui manquait. Son nouveau coin était un village avec peu de distraction et d'attractions. La vie y était morose surtout qu'il était le seul Noir du village. Avec ses cohabitants, l'atmosphère était froide. Ils l'accusaient à tort et à raison pour des choses, dont on ne connaissait vraiment l'auteur, avec des amphigouris tels «Il n'y a que les Africains qui font pareille chose».

Six mois étaient passées, le séjour se déroulait tant bien que mal. Maxime devait penser à l'après Freiwilligendienst. Après avoir fouillé de fond en comble sur internet, cherchant quelle formation faire, un an après, il obtint une place de formation d'infirmier, parce que c'était avec cela, qu'il lui était plus facile de prolonger à nouveau son visa et c'était l'une des formations la mieux rémunérée. Maxime avait l'impression que tout était pensé et fait exprès, pour que les étrangers comme lui, ne s'orientent que vers certaines formations. Autrement après ce serait galère ou un retour anticipé et sans économie, sans formation qualifiée et sans gloire.

Les mois passèrent et le service avait pris fin. Maxime avait déménagé dans une autre ville pour sa formation. Il avait voulu bien étudier, mais les conditions étaient en défaveur des étrangers. En plus d'un compte bancaire d'environ huit mille euros exigés comme garantie, il fallait postuler et avoir l'autorisation d'une université, un certificat de niveau de langue, que même certains Allemands ne pourraient pas obtenir. Dans sa nouvelle ville, il rencontra une nouvelle vie. Mais il n'avait pas oublié ses frasques qui lui avaient fait repenser cette vision paradisiaque, qu'il avait avant qu'il ne vienne en Allemagne. Sa demande de renouvellement de visa lui avait couté une bonne éternité, en plus fixée au prix de 100 euros. À maintes reprises, il reçut une "Fiktionsbescheinigung" ou permis de séjour trimestriel pourtant il avait présenté tous les documents exigés. Son visa fut prolongé pour un an, pour une formation de trois ans. Ce qu'il ne comprenait pas. Il devait reprendre les mêmes démarches à n'en point finir. Sur son nouveau lieu de travail, il y avait certains collègues, qui lui demandaient chaque fois, s'il faisait la formation d'aide-soignant d'une année ou d'infirmier de trois ans, comme si lui l'Africain n'en avait pas la capacité. Et ainsi de suite chaque jour avait son visage pendant sa formation. Chaque jour, il devait s'attendre à tout et rien. Il avait rencontré de nouveaux amis, anciens étudiants de sa faculté, qui faisaient la même formation. Les choses avaient évoluées considérablement et positivement. Mais chaque fois qu'il se retrouvait seul, la solitude, la mélancolie, la nostalgie de sa terre natale, la nostalgie des fêtes de décembre, de janvier et de Pâques bien arrosées en famille, entre éclats de rires et bonheur, tout cela le hantait. En Allemagne, il vivait juste pour survivre. Il décida d'y rester quelque temps, parce qu'en vrai, il y avait aussi ses avantages ; mais tôt ou tard de rentrer au bercail et là-bas d'aller construire son paradis car en Allemagne, sous son nouveau ciel, sur sa nouvelle terre c'était ah ! paradis pourri oh !

Wilfried DALLY

Né en 1997 à Abidjan, Wilfried Dally entame, après son Baccalauréat obtenu en 2014, des Études de germanistique à l'Université Félix Houphouët-Boigny Abidjan-Cocody, d'où il est diplômé de Master. Actuellement, il prépare une thèse de Doctorat sur la question de l'écriture postcoloniale, à l'Université de Bamberg (Allemagne). Wilfried Dally est à sa première production littéraire.

Écrire et crier…

Qui écrira sourira
Qui criera rira
Ce n'est pas un slogan
Je me demande toujours à quoi ça sert
De se demander tout ce qui n'a pas servi à ceux qui
n'ont pas pu faire
On me demande toujours ce que j'aurais dû faire si je
n'aurai pas été là
Et là je me demande encore ce que j'aurais pu faire si
eux n'auraient pas été là
À chaque fois, on me demande ce qu'il faut faire
Je sais ce qu'il ne faut pas faire
À force de savoir ce qu'il n'y aura rien à faire

Qui écrira sourira
Qui criera rira
Oui, je dois le crier haut et fort
Qui le criera pour moi ?
Je crie sans son aucun
Des vers, j'écris des mots
Des mots qui doivent entendre des sons
Des mots qui doivent sonner
Des mots de chansons
Des mots sans son
Je crie ce qui est au fond de moi
Que j'écris sur le fond de ma feuille

J'ai vécu des choses bouleversantes
J'ai vécu des choses
Qui ont fait de moi un être autre
On demande ce que j'aurais dû être
Et pourquoi je suis ici
Et si j'aimerais retourner d'où je suis
Et comment je me sens ici
Et comment j'apprécie d'où je suis à là où je suis
Oui, la réponse est un peu confuse
Surtout que soi-même on porte des questions jusqu'à
là
À la rencontre de ces questions, des réponses d'ailleurs
se diffusent
Des questions qui me poussent au cri et à l'écrit
J'écris, pas des réponses à ces questions, mais pour les
comprendre
Pourquoi suis-je ici ? Me demande-je
Me sens-je bien ici ?
Vous de là-bas, comment êtes-vous par rapport à
nous ? me demande-t-on
À ce moment-là, j'apparais comme un entre-deux,
Comme celui qui est le centre d'eux
Tel un messager qui transmet des messages
Et qui ni de l'un ni de l'autre n'en connait le présage
Quel message ? Un message de cri ou d'écrit ?
Un message où le bonheur n'est localisé
Un message où l'abondance n'est focalisée
Un message où l'Eldorado n'est esseulé
Un message où le repos n'est essoré
Un message qui distribue un parfum unique
Celui de soi-même
J'en ai besoin pour me sentir bien ici et là

Est-ce que là je sens
Chez moi je me sens
Je me demande…

Peau blanche, masque noir

Ce jour-là, je descends de ses entrailles (train)
Et je traverse tout le couloir avec des yeux émerveillés
Soudain, il vient vers moi, l'ange inconnu,
Et me tire de cet admirable sommeil,
Par un questionnement.
J'avale ses questions qui devenaient de plus en plus
distinctes
Par mes réponses de plus en plus succinctes :
D'où venez-vous ?
Êtes-vous là pour combien de temps ?
Pour quelles raisons ?
Études ?
Travail ?
De ce long voyage que je venais d'effectuer des airs à terre,
J'avais l'impression, à ce moment-là, d'avoir manqué
de terre sous cet autre ciel.
Je tombai de cet éclat de verre
Sur lequel j'étais en venant là
Et je pris le morceau de verre
Pour scruter chaque visage
[Et surtout le sien]
Alors je pris avec lui d'autres entrailles où nous fîmes
connaissance
Chacun donnant à l'autre son essence
Je le vidai de ses couleurs pour en voir qu'une
Celle qui brille parmi les ténèbres : la lune

Der schwarze Blick in weiß

Es kommen Menschen, die das ganze Gesicht vor
sich haben.
Sie tragen weiße Kleidungen
Und ihr Ausdruck kennt keine Endungen.
Vor ihnen stehen wir sturmlos und bescheiden.

Es kommen Leute, die uns anblicken wie Meute.
Ihr Schatten ist unserer Augen die Säule.
Ihr Blick scannt herrlich unsere Seele.
Wir kreuzen uns am gleichen Schein in einer Meile.

Siaka DIABATE

DIABATE SIAKA (Diska) est né le 25 décembre 1991 à Divo au sud-ouest de la Côte d'Ivoire. Issu d'une famille musulmane, il est entré l'école primaire en1998/1999 après bref un passage à l'école coranique. Il est titulaire du baccalauréat série A2 option philosophie en 2012 au lycée Alphonse Assamoi Divo, puis il débute des études de littérature germanique au cours de l'année suivante à l'université Félix Houphouët-Boigny. Il est titulaire aujourd'hui d'un master en germanistique et vit en Allemagne depuis 2019 pour une formation professionnelle dans le domaine de la santé. Passionné de la littérature, il s'adonne dès son jeune âge à l'écriture des textes poétiques. Mais il sera révélé au grand public que par le biais de la plateforme (Freie Feder) de l'institut Goethe d'Abidjan Côte d'Ivoire, par ailleurs première plateforme littéraire d'Afrique de l'Ouest. Il y participe constamment entre 2014 et 2019 avec des textes poétiques engagés qui lui donneront le surnom de poète de l'indignation auprès de ses paires. La participation à l'écriture de cette anthologie est cependant sa première œuvre.

La fin n'est pas pour maintenant

Sous ce silence mortifère
Les pompes funèbres font les affaires
Dans ce froid très chaud les bestiaux font la fête
Sur les dépouilles entassées des victimes de cette minuscule créature
Sous un silence complotiste, la mort nous fait sa belle traite
Dans ces odeurs âcres et ces puanteurs d'un monde qui se vomit
Le mystère a pris l'avant-garde de la scène
Personne ne comprend, pour l'heure, l'heure
De ce virus, qui construit sa notoriété sur l'anxiété de la grandeur de l'homme
Même pas une lueur au bout du ténébreux tunnel.
Ce virus comme un soldat qui s'acharne sur sa cible avec son char d'assaut
La covid-19 a pris les fils de Dieu d'assaut
Plus rapide qu'un missile de la NASA
Elle foisonne à une vitesse exponentielle

Tandis que le ciel compte les morts
Après les voyages sur la lune l'homme
A enfin un défi sur terre qui lui rappelle
Son arrogance et sa réelle valeur marchande que
marchander l'illusion d'une appropriation de l'univers
Le monde est un mystère et plus la nature révèle le
contenu de son ventre
L'homme ne peut que reculer face aux défis et farces
qui nient ses forces et mettent à contribution sa petite
divinité
Paris ville déserte
New York ville morte compte ses morts
Quand Rome, la ville éternelle, respire ses derniers
souffles de vie
Alors on se demande où est le Dieu de Jérusalem, de
Médine, de Rome
Où est le Bouddha où sont nos Dieux
Quand le mal n'a plus de respect pour la créature
supposée supérieure
L'humain qui a dompté l'eau, le vent, la terre et même
les confins étoilés
Qui a pesé le poids de l'univers mais qui peine à
dompter un être aussi minuscule que le néant.
La fin n'est pour maintenant

Le drapeau en benne

Chaque jour qui passe
Est une page de l'histoire qui s'efflore
Chaque naissance est une chance pour l'humanité
Chaque individu est ce porte-flambeaux de l'espoir
Chaque jeune pourrait être cet espoir
Si l'humanité l'avait saisi
Si son pays l'avait compris
Nuits et jours des larmes et des pleurs
Des familles en deuil
Quand la mer de ses vents en marré engloutit ses
infortunés pèlerins
C'est toute l'humanité qui est en crise
Quand de sa brise, des espoirs sont brisés
Les drapeaux de ce continent noir
Restera-t-il toujours en benne
Après l'esclavage qui fit tant de morts
L'immigration joue aussi sa carte
À quand le dieu des noirs ?
Faut-il attendre encore les autres ?
L'Afrique doit avoir des remords
Pour tous ses morts comme tant tôt
Elle parle de ses héros valides volés
Par le crime de l'humanité
L'esclavage cette honte
Aujourd'hui l'immigration, quelle honte ?

Que mon âme se repose en paix

Si le Diable boiteux a eu raison de moi
Si le temps me rapproche des reproches du tyran
Si malgré moi, ma vérité n'a pu dresser dans ce
monde un rang
Que je parte en paix loin de ce pays où rien ne reste

Que mon âme se repose en paix
Même si mon but n'est atteint
Et j'ai éteint ma plume de force
À cause de leurs forces

Que je parte le ventre vide de maux
Même là-bas, mes mots me seront utiles
De mon sabre poète, j'aurais combattu peut-être trop
tôt
De mon énergie qui bout en moi, je ne pouvais
qu'être virile

Que mon âme repose en paix
Au nom de l'humanité pour la vérité et l'équité
Que je ne sois jamais vénéré pour mon œuvre
Mais pour mon courage et ma rage

J'étais conscient de cette racaille
Hélas je ne pouvais faire qu'autre
Que ce que j'ai pu
Alors laissez-moi partir, tout est dans mes mots !

Lynda KAMAKOU

Membre fondatrice de la plateforme littéraire
Freie Feder – Plume Libre du centre culturel
allemand d'Abidjan depuis 2010, Lynda Kamakou
est une passionnée de littérature. Déjà auteure de
l'ouvrage « Dis oui », édité en 2019, la participation à
cette anthologie est sa deuxième réalisation littéraire
personnelle.

Noir, et alors ?

Un jour, alors que je voulais passer une porte, à l'entrée d'un bâtiment, se tenaient à mes côtés trois Européennes et un Africain. L'Africain, en gentleman, avait retenu la porte ouverte pour les trois jeunes Européennes. Au seuil de la porte, il la laissa doucement se refermer à mon niveau. Cette scène m'avait fait sourire puis réfléchir. Je me demandais pourquoi est-ce que certaines personnes se donnaient tant de mal à dénoncer le racisme. Je pensais, qu'à part les Noirs, tous les peuples de la terre étaient un peu racistes. C'est normal. Peu m'importe si un Blanc ne m'aimait pas. Tout ce que je voulais, c'était qu'on me respectât en tant qu'être humain. Certains Noirs se plaignaient du fait que les Blancs ne les aimaient pas ou même les détestaient. Moi, cela me faisait juste rire. Est-ce que tous les Noirs s'aimaient entre eux ? Le Noir n'aimait pas le Noir. Ne nous couvrons pas la face. Il était toujours prêt à céder sa place au petit Blanc mais refusait avec sa dernière énergie qu'un autre Noir s'installât à ses côtés.

Et puis, si un Blanc ne t'aimait pas, toi le Noir, où se trouvait le problème ? Il n'était pas obligé de t'aimer. La seule personne obligée de t'aimer, c'était toi-même. Certains diront que je ne sais pas de quoi je parle. D'autres diront que je n'ai pas assez d'expériences. Il y en a qui me feront une liste des maux subis des Noirs par des Blancs. Mais moi, je crois savoir de quoi je parle. Le racisme, on le vit presque tous les jours quand on quitte l'Afrique pour un autre continent et surtout quand on est noir. Les gens, par leur manière de vous regarder, de vous parler, par leurs questions qu'ils vous posent à longueur de journée vous font savoir chaque seconde que vous n'êtes pas chez vous et que vous n'appartenez pas à leur société. Mais je m'en fous ! Il n'y avait pas que les Noirs qui avaient abandonné leur continent. Il y avait aussi des Européens, des Asiatiques et des Américains qui avaient élu domicile en Afrique. Et cela ne dérangeait personne sur la planète TERRE. Alors, pourquoi se gêner de vivre par exemple en Europe quand on est Africain ?

La nouvelle génération d'Afrique criait haut et fort qu'elle était fière d'être noire. Malheureusement elle ne le faisait pas souvent sentir par ses faits et gestes. Le Noir devait se donner des arguments pour soutenir sa thèse de fierté sinon cette thèse restait incrédule. D'ailleurs, le grand problème avec le racisme, c'était que personne n'acceptait et n'aimait la pauvreté. Et le Noir en Europe était vu comme quelqu'un qui avait fui la pauvreté pour un monde meilleur. Le pauvre était toujours méprisé et l'on associait l'Afrique à la pauvreté. Voilà le grand problème. Le Noir n'avait plus besoin de dénoncer le racisme, de forcer les autres à l'aimer. Notre lutte contre le racisme devrait être notre combat contre la pauvreté. Le Noir devrait montrer aux autres qu'il était capable d'abord de s'assumer, qu'il était capable de rendre l'autre Noir heureux, qu'il était capable de s'accepter, de s'aimer, qu'il était capable d'apporter quelque chose à l'humanité.

Un jour, j'avais entendu dire par un Noir, que, pendant que les autres peuples évoluaient, les Noirs passaient tout leur temps à danser. Je pense que notre évolution ne devrait pas s'ériger contre notre culture. La culture d'un peuple, c'est sa richesse, son identité. Le Noir était jovial. Pourquoi pas? La joie était aussi une richesse. Vu les conditions dans lesquelles la majorité du peuple noir vit, on devrait être le peuple le plus malheureux. Mais non, on rit quand même à gorge déployée. C'est notre richesse. La richesse n'est pas seulement matérielle. La richesse, c'est aussi l'état de l'âme. Et puis les Blancs qui maltraitaient les Noirs, qui les piétinaient, qui les réduisaient à rien étaient tout simplement jaloux de l'éclat de leurs êtres. Et ceux qui pensaient que les Noirs étaient des singes étaient eux-mêmes des porcs parce que quand tu considères un autre être humain comme un animal juste parce qu'il a une autre couleur de peau, tu es aussi un animal d'une autre couleur de peau. Si tu penses que le Noir est un sous-homme, c'est que tu es encore plus un sous-homme que lui.

En tant que Noirs, notre lutte, c'est aussi ignorer le racisme. Nous devons ignorer ceux qui ne nous aiment pas et créer des conditions favorables à notre bonheur. Que les autres le veuillent ou pas, nous faisons partie du monde et l'on devrait s'habituer à nous voir dans tous les coins du monde. Nous, peuple noir, nous voyons aussi tous les peuples de la TERRE partout et nous n'en faisons pas un plat. Qu'on nous foute donc la paix! Et puis, celui qui trouve qu'on est trop foncé qu'il s'en prenne à Dieu.

Je me surprenais, une fois, de voir qu'une femme Noire méprisait les Blancs. Jusque-là, pour moi, le racisme signifiait « un Blanc n'aime pas un Noir ». Là, je compris que le racisme, c'était quand on n'aimait que sa race et qu'on détestait les autres. Beaucoup comme moi pensaient sûrement la même chose ou même continuent de penser ainsi. Et non !!!!! Il y avait des Jaunes qui n'aimaient pas les Blancs, des Blancs qui n'aimaient pas les Jaunes, des Jaunes qui n'aimaient pas les Noirs et des Blancs qui n'aimaient pas les Noirs. C'était seulement en Afrique que tous les peuples étaient acceptés sans problème. Les Noirs qui n'aimaient pas les autres couleurs étaient ceux qui avaient vécu de mauvaises expériences, étaient ceux qui avaient été piétinés, ceux dont la dignité avait été bafouée, ceux qui avaient été maltraités sans raison. On leur reprochait juste d'être Noirs. Les Noirs qui étaient racistes, l'étaient devenus par les actes des autres peuples. Quand un Noir est raciste, c'est qu'il n'a pas d'autre alternative. Meurtri dans sa chair, dans son âme, il ne peut plus aimer ceux qui l'ont réduit à rien. C'est normal. Qui peut aimer son malfaiteur ? Ceux qui n'aiment pas les Noirs, ont certainement leurs raisons. On ne peut pas aimer tout le monde. Ce n'est pas possible. Ce que je ne comprends pas et qui me dérange, c'est pourquoi vouloir nuire aux Noirs, pourquoi vouloir les rabaisser, pourquoi vouloir leur arracher ce qui fait d'eux des êtres humains, pourquoi les tuer sans cause. Quelqu'un voudrait-il l'extinction de la race noire, il peut encore rêver.

Un jour, j'entendis dire que la race noire était une race inférieure et comme argument à cette thèse c'était que : le Noir n'avait rien inventé dans ce monde. Il ne faisait que consommer ce que les autres races avaient inventé, par exemple la télévision, les téléphones portables, les avions... Un tel qui soutenait cette thèse n'avait pas encore lu que tous les hommes naissaient égaux. Et puis, la définition de l'homme, du mot humain ou race n'était pas liée à l'invention de quoi que ce soit. Qu'ils nous foutent la paix ces haineux, ces aigris ces soi-disant supérieurs, car, avec nos gros nez, nous continuerons de respirer l'air frais et bon que Dieu nous offre gratuitement. Nous continuerons de vivre.

Tiémoko Koulibaly Eric KOUAME

Kouame Tiémoko est originaire de la Cote d'Ivoire, précisément de la région du Sud-Comoé. Il est né à Bouaflé le 28 avril 1986. Après le BAC, il étudia au département d'Allemand la germanistique. Depuis 2014, il vit et travaille en Allemagne.

Ma triste vie

Je veux parvenir à des fins,
Alors que j'ai connu la souffrance.
Tout devient lourdement flou.
Ce qui réussit aux autres m'est une épreuve.

La foi, peu à peu, s'enfuit.
Affaibli par les maux de la vie,
Arrive enfin la nuit avec son cortège de pensées :
Faut-il encore y croire ?
En réalité, je traîne avec moi ma croix.

La réalité ? C'est que tout avance à reculons.
Or il ne me reste que quelques pièces dans ma tirelire.
La crainte s'installe et occupe le peu d'espoir qui me
reste.
On m'avait cependant rejeté, humilié, persécuté et
chassé.

À tort toutes ces injures faisant place aux sanglots,
Qui coulaient sur ma face noirâtre à flots.
Je croyais que j'avais trop enduré
Et que l'heure de l'aisance était enfin arrivée.

Dans mon pays d'accueil, la souffrance avait juste
changé de forme.
La couleur de ma peau, mon origine, ma culture me
définissaient.

Elles comptaient dans la sélection.
Dans ce laboratoire d'endurance, je n'étais qu'un
échantillon.

Je jette un regard vers mes semblables,
Dont la misère est smaragdine et incoercible.
Les enfants de la première civilisation pleurent.
L'espoir devient leur seule chanson.

J'ai confié mon destin à Dieu
Qui est plein de grâce et de bonté.
Son amour, me semble-t-il, n'est pas conditionné.
Il est roi au-dessus de la loi.

Il me reste encore une nuée d'espoir.
Au-delà des tourments, il y a de l'abondance.
Nous sommes ce que nous disons et pensons,
Bien que la réalité ne soit trompeuse.
Je décide de croire jusqu'à ce que mort s'ensuive

Oui je suis Africain

Aux yeux sombres, cheveux crépus,
Les dents d'une blancheur de neige.
Les lèvres incarnates et le regard plein d'angoisses.
Tête volumineuse, peau basanée,
Démarche et allure précipitées.
La paume rougie, à peine pâle et propre à elle-même.

Oui je suis Africain !

Rigoureux, travailleur et engagé.
Réactionnaire, studieux, industrieux
Quelques fois réticent, rarement paresseux.

Souvent dilettante.
Ouvert et souriant. Souvent méfiant et renfermé.
Néanmoins triste et solitaire.
Gentil, loyal, sincère et lecteur.

Oui je suis Africain !

Yao SEYI

Yao Seyi est un écrivain ivoirien dont le premier roman, intitulé *Élima*, a été publié en France (2019) et réédité en Côte d'Ivoire (2020). Après une licence au département d'allemand à l'Université Félix-Houphouët Boigny de Cocody, il étudie actuellement en Allemagne.

Marianne

Cette mère
Cette misère
Cette prostituée
Je l'ai oubliée

Elle me sevra,
M'abandonna,
Pour vivre avec ses amants
Une profonde volupté.

Ses amants,
Sans pitié,
La dépouillèrent
De ses diamants.

Mon père,
Ce désert,
Ce lâche,
M'a renié.

Créateur de saga, « boucantier » !
Il dépouilla pour des bises fraîches
Les arbres fleurissants de mon héritage
Le rendant une terre aride.

Des côtes de Tripolis

Je fus transporté en Sicile.
Des délices, cette île !

De là, elle m'emmena à Paris
Où se vit la vie
Où se vit l'amour,
Avec un peu d'humour.

Marianne !
Elle m'a consolé,
M'a caressé.
Je l'ai embrassée.

Avec son corps élancé, affriolant
Comme la tour Eiffel,
Avec son regard captivant et dévorant,
Tous lui obéissent, même le ciel.

Une proie parmi tant d'autres !
Je ne pouvais lui résister.
Ma foi ! Que je succombe
Au charme de cette colombe.

Elle me tendit ses mains.
Je me réfugiai dans son sein,
« Rempli de sève et de jeunesse. »
Moi, j'étais comblé de tendresse.

Excitant,
Sensationnel,
Cet amour passionnant
Nous faisait traverser le ciel.

Dans son palace
En forme de rosace
Je manquai d'audace
Devant sa rayonnante face.

Mon bonheur, mon malheur
Mon cœur, rempli de rancœur,
Se trouvent dans le creux de ses mains.

Unis pour la vie,
Je lui offris
Dignité et virginité
Faisant d'elle ma priorité.

Marianne m'a ouvert
Les portes de son paradis.
Plus besoin d'un visa.
Elle m'a fait citoyen d'honneur

Tant qu'elle m'offrira ses délices
Je lui ferai de beaux métis
Aux cheveux crépus
Et flavescents.

Avec opiniâtreté,
Sans relâche, ce rapace
Aujourd'hui me pourchasse.
Comme un anchois,
Je suis une proie, la sienne.
Quoi que je fasse,
Dans ce beau palace,

Je ne serai jamais à ma place.
Je l'avoue, je m'efface.

Marianne m'a niqué.
Mais que me sert ma dignité
Avec un ventre creux ?
Je préfère être son jouet,
Je suis au moins à l'abri.

Vivre avec Marianne m'a coûté,
Renonçant à mes valeurs, à ma vie.
Parmi tant d'autres, comme un chien dompté
Je suis là pour satisfaire ses désirs et envies.

Quoi qu'il en soit, quoi qu'elle me fasse subir,
Auprès d'elle, j'ai un avenir certain :
Jamais je ne retournerai vers ma mère.
Je préfère le pain de douleur à la misère.

Paradis pourri

« Vanité des vanités, dit l'Ecclésiaste,
Vanité des vanités, tout est vanité »
On me décrit ce monde
Je rêvai de ce monde
J'arrivai dans ce monde
Je découvris ce monde

Il paraissait beau
Admirables étaient ses châteaux
Dotés d'une incomparable architecture
BMW, Mercedes, concepteurs de ses voitures
Bugatti, Dior, Rolex
Créateurs de luxe

Sur ses plages
La folie à la page
Ses fils, torse nu
Ses filles en bikini
Puis je me dis,
« Ici c'est la vie »

Plaisir, élégance
Désir, extravagance
C'était ça la vie
C'était le paradis, leur paradis
Sans pareil à vue d'œil
C'était la merveille

L'élaboration de plans,
Pour plusieurs années
La maîtrise du temps
Tout était coordonné
Ils avaient le savoir-faire
C'était eux les maitres de la terre

Ils savaient tout
Ils avaient tout,
Mais esclaves de tout
Esclaves de leur propre science
Esclaves de leur intelligence
Qu'il pèse leur joug !

Tout était vert,
Mais tous vivaient à l'envers
Les enfants, à la crèche
Les vieillards, isolés
Des mendiants sans habits,
Dans la rue, des sans-abris

L'existence
Avait-elle encore un sens ?
Un peuple qui se disait savant
Alors qu'ignorant ;
Qui se disait saint
Mais pourtant assassin

Un peuple fort
Un peuple extraordinaire
La race choisie,

Et nous, la race noircie
Je l'avais toujours cru
Avant d'avoir vu

Puis je les découvris
Leur image, polie
Comme Ferrari
À l'intérieur, bien pourrie
Comme un cercueil doré :
La fin de l'humanité

C'était ça leur vie
Leur paradis
Que j'aimais ce paradis
À la fois beau et misérable (triste)
« Vanité des vanités, dit l'Ecclésiaste,
Vanité des vanités, tout est vanité »

« Paris »

Paris à tout prix
C'est le paradis
Là naissent les envies

Paris a tout pris
Ma famille, mes amis
Et ma vie.

Ne ris pas Paris
Notre Dame périt
Le cœur du pays

Réjouis-toi, fille,
L'amour fleurit
Avec l'âme de Paris

Le Mali se flétrit
Son ciel s'assombrit
Ses douleurs dans l'oubli

Ô mon doux Mali !
Soumis, tu rajeunis
Tu n'es pas fini

Avec ta kora, chante ma fille
Espoir du Mali,
Chante ton cœur ébloui

Danse la vie
Danse tes envies
Danse au rythme de la pluie

Filles, fils, de mon Mali...
Terre du Mali, souris à la vie
Souris... Ton étoile luit.

Straniero

Réfugié
Étranger
Étrange à leurs yeux
Depuis des années

Straniero...
Ce blessant fardeau
Comme un couteau
Me poignarde le dos

Mon quotidien…
Jusqu'à la fin
Ayant abandonné les miens
Quel destin ! Quelle faim !

Quelle galère !
Loin de la terre
De mes pères
Je suis sans repère.

Et pourtant
Pendant longtemps
J'ai donné mon sang
Pour la survie de leurs enfants.

Construit par des migrants
Garni pour leurs petits-enfants

Dans leurs paradisiaques plans,
Ils m'ont exclu, moi, petit-fils du migrant.

Ce paradis,
Par amour, je l'ai bâti.
De mes mains meurtries
Je l'ai aussi construit.

Ce paradis, c'est le leur.
Comme un tirailleur,
Dans ma douleur, je me meurs.
Quelle douleur ! Quel leurre !

Asphyxie

Dans ce paradis, pas de salut pour l'étranger.
Ils ont exclu les réfugiés.
Ils sont loin d'être les bienvenus
Dans un monde où règne
Un capitalisme égocentrique.

Pour eux, ils sont tous frères,
Ces hommes de couleur.
Marchant ensemble,
Ils nous demandent,
Si nous sommes de la même mère.

Quand un noir meurt,
Dans la rue, le premier aperçu
Devra identifier le corps.
Tellement on se ressemble,
Assurément, on est du même père.

Ressortissant de ce pays de merde,
Je suis là pour prendre
L'héritage de leurs enfants.
Après plusieurs années chez eux,
Ils me regardent de façon étrange.

De cet héritage,
Pourtant bien garni et protégé,
Ne tombent ni miette ni résidus

Pour moi, homme de couleur :
Je ne vis que de rêves éphémères !

Depuis la Grèce antique,
Règnent ces normes aristocratiques,
Autorisant, des miens, la sous-estimation :
La sous-humanisation.
Je n'ai pas droit à la parole.

Nourrissant de la haine pour mon être,
Ils convoitent pourtant mes avoirs,
Pillent mon riche patrimoine
M'abandonnant dans la disette.
Leurs musées sont garnis de mes objets d'art.

Ma présence les dérange,
Mon absence les arrange.
Mon bonheur les dégoûte,
Mon malheur les réjouit.
Je n'ai pas le droit de vivre.

Quand je dis « paix »,
Sur mon âme, ils invoquent la guerre.
Moi, je ne suis qu'une victime
De ce passé honteux :
L'esclavage et la colonisation.

David Landry SO

David Landry So est doctorant en Histoire contemporaine à l'université de Bamberg en Allemagne. Il est l'auteur de *Souvenir d'un passé récent, Amour, haine et religion* (avec Aicha Soro) et *VENI VIDI VIXI – Je suis venu, j'ai vu, je suis mort.*

La phobie des chiottes

Je m'appelle Franck. Franck Irié. Je suis Ivoirien résidant en Allemagne. J'avais quitté mon pays pour une raison très singulière : les toilettes. Les toilettes en Côte d'Ivoire, mon pays natal, m'avaient, jadis, depuis ma toute petite enfance, traumatisé. J'étais un jeune garçon relativement propre. Je prenais mon bain deux fois par jour, aussi en raison de la température tropicale. Régulièrement, j'allais à la selle. Mais les toilettes en Côte d'Ivoire étaient d'une médiocrité nauséabonde. Quand les architectes construisaient les maisons à la hussarde, ils n'avaient pas le temps de prévoir l'espace pour les toilettes et ses équipements. C'était un besoin d'ordre secondaire. On pouvait prendre un bain partout, tard le soir, et se soulager dans la broussaille aux alentours, sous le pont, dans les constructions inachevées, sous les hautes herbes, derrière les fleurs de marguerite, ou sur les rails devenues oboles, pensaient-ils. Quand tout fut fini et qu'il eut quelque peu d'espace, ils érigeaient alors avec incurie et célérité, avec quelques briques dures quelques centimètres carré, souvent sans toiture, ce qu'ils appelaient, dans la plus grande oraison jaculatoire, les chiottes. Le luxe était les w.c. turcs. Ils mélangeaient avec célérité le ciment et le sable de l'eau de ruissellement et ils badigeonnaient le sol qui se dégradait déjà seulement après quelques contacts avec l'eau. Il n'y avait pas de robinet. Aucune canalisation.

On couvrait souvent par euphorie quelques murs avec des restes de peinture. Il n'y avait nulle part où poser le savon. La serviette et les vêtements de rechange, on pouvait les accrocher sur la porte humide en bois raboté toute recouverte et rongée de moisissure. Plus personne n'avait d'intimité car la pointe ou le crochet qui servait à condamner la porte ne tenait plus ferme. C'était alors fréquent d'être vu nu et interrompu par autrui avec une interjection d'étonnement. L'eau des toilettes ruisselait juste derrière, rejoignait celle des autres habitations pour former le fleuve vert flavescent dont le lit jaspait dans toutes les communes. Ces eaux méphitiques trainaient partout, invitant à se baigner mouches et moustiques. La moisissure était le compagnon fidèle des toilettes. Il fallait porter des chaussures. Les toilettes n'avaient aucune aération, elles étaient humides et nauséabondes. Et les usagers semblaient satisfaits. Il se souciaient peu de l'hygiène. Pas de papier hygiénique. Rien pour se laver les mains. Rien. La SODECI coupait régulièrement l'eau et il fût fréquent que des matières fécales flottaient en toute impunité à la surface du w.c. turc. Quelle belle merde !

J'en étais traumatisé, depuis la Côte d'Ivoire. Beaucoup d'Ivoiriens négligeaient cet aspect aussi important pour la santé qui était finalement certainement la cause de nombreuses infections et maladies qu'on ne pouvait encore diagnostiquées. Dehors, dans les villes, au centre commercial, au grand marché, dans les cités administratives, dans les écoles, à l'université, il n'y avait pas toujours des toilettes. Il fallait garder tout sur soi ou profaner la nature. Quand j'arrivai en Allemagne, grande fût ma jaculation. Les toilettes étaient propres. On pouvait y aller nu-pieds. Il y avait un grand miroir, un lavabo et du produit pour se laver soigneusement les mains. Jamais il ne manquait de papier hygiénique. Les chiottes étaient propres. Il fallait en prendre soin et il y avait un personnel gracieusement payé pour cela. La discipline allemande ! Le rêve allemand ! Mais ensuite vint le fait que ce rêve, très vite se transforma en phobie cauchemardesque.

Chez moi, j'étais maitre de mes toilettes et elles étaient toujours très propres. Quand j'allais en cours à l'université ou au travail, les toilettes étaient souvent dans un état désireux. Quelques Allemands urinaient, jetaient leur mégot de cigarette ou faisaient pire dans l'urinoir ou dans la cuvette sans tirer la chasse. D'abord ce n'était pas mon problème, je crus. Moi, j'étais propre et quand j'utilisais les toilettes communes, je les laissais telles avant mon arrivée. J'étais désillusionné que les Allemands ne soient pas si propres et si méticuleux comme je l'avais toujours pensé. Pourquoi et comment fumer de la cigarette ou de la drogue aux toilettes ? Comment rester concentré ainsi ? Mais je me ressaisis. Quelques cas devenus pourtant fréquents ne devraient pas encore suffire pour stigmatiser tout un peuple. Aussi, je compris que soumis aux mêmes conditions, les humains réagissaient de la même manière. C'était une loi de la nature. La Côte d'Ivoire était méphitique parce qu'elle n'avait pas encore compris l'utilité des toilettes. Il y avait des problèmes beaucoup plus existentiels…

Ce qui allait pourtant me traumatiser et m'obliger à m'abstenir des toilettes publiques beaucoup plus propres que celles de la Côte d'Ivoire, c'étaient le regard social, le dévoilement, le sentiment de se savoir vu et la mauvaise interprétation de l'avoir été vu. D'emblée, beaucoup de frustrés ou même d'activistes néonazis laissaient des notules sur les murs de toilettes communes, même à l'université, telles «Sale Nègre», «Étrangers dehors!», «Le gros pénis du Noir», «violeurs!», «branleurs!» et bien pire. Les plus généreux développaient sur le mur des menaces de mort ou leur conviction politique et sociale selon lesquelles les étrangers, les Africains surtout, profitaient à satiété de leur économie qu'ils avaient rehaussée depuis la Seconde Guerre mondiale par le travail. Ils croyaient avec la dernière énergie que les Africains ne contribuaient en rien au développement de leur économie. Béjaunes! L'expérience avait démontré que, finalement, les Allemands étaient beaucoup plus malpropres que moi, ou plutôt disons, moins concentrés que moi. Quand ils finissaient leur besoin, ils y allaient, souvent sans se laver soigneusement les mains. Sans tirer la chasse. C'était à cause du capitalisme. Ils devraient vite retourner sur le lieu de travail, ou courir rattraper le bus, etc. À plusieurs reprises, quelques Allemands très strictes, nationalistes et chauvinistes, me traitant de squalide, me reprochant de bafouer la discipline et la propreté allemande par ma fourberie, m'avaient gentiment demandé, avec un accent très prononcé ou souvent en dialecte allemand, de tirer la chasse et de faire disparaitre «ma» merde. D'autres allaient me recommander comment mieux me tenir pour éviter quelques gouttes d'urine à terre. Malgré les femmes de ménage qui passaient régulièrement, d'aucuns exigeaient de moi de sécher rapidement «mes» gouttes d'urine ou d'eau qui malencontreusement, par violence et célérité de la part de ceux qui n'avaient pas le temps, terminaient au sol. Les passifs, eux, me jetaient des regards accusateurs. Ils avaient tous la conviction que seul moi pouvais être à l'origine de telles niaiseries. Peu zététiques, ils tiraient ainsi des conclusions très iniques et avaient le soulagement que la science européenne selon laquelle le Noir était sauvage et sale fut encore d'actualité.

Simplement parce que j'étais Noir. Alors en entrant dans les toilettes, à travers des regards, je recherchais des témoins oculaires, une caméra peut-être, quelqu'un pour témoigner que je n'avais rien fait de mal. Je faisais juste mes besoins et je m'en allais. Mais le temps était de l'argent. Les autres venaient aussi pour faire juste leur besoin et s'en allaient. C'est pourquoi beaucoup ne tiraient pas la chasse d'ailleurs. Ils n'avaient le temps que pour m'arquebuser quand ils trouvaient les toilettes dans un piteux état. Alors, à chaque fois que j'allais aux toilettes, je contrôlais tout. Je tirais toutes les chasses et je nettoyais le sol. Ensuite, je pouvais faire mes besoins, dans l'espoir que personne ne rentre ou le cas échéant, finisse ses besoins après moi et retourne sans amener avec lui son urine ou sa merde. Car le prochain qui rentrerait me l'attribuerait directement. C'était pour cela que j'avais quitté mon pays, pour venir éliminer la merde de quelques Européens, sans rémunération, seulement pour des regards racistes et accusateurs. Le combat psychologique que je menais chaque fois que j'allais aux toilettes me dérobait quelques minutes de quiétude dans ma thébaïde. Injustement accusé, seulement parce que je venais d'ailleurs. Et s'il arrivait que je ne tirasse pas ma chasse par oubli comme la plupart le faisait, l'erreur était humaine. Mais plus personne ne se donnait la tâche que je me donnais moi, parce que les Allemands ne pouvaient pas s'accuser entre eux. C'était pourquoi, il était plus facile de m'accuser sans preuve. Le Noir avait le sentiment qu'il devait d'ailleurs tout bien faire partout où il passait en Allemagne. Il n'avait pas droit à l'erreur au risque de se faire scotomiser et celer. C'était pour cela qu'il luttait pour quitter l'Afrique, pour être résumé à un malpropre incapable indiscipliné de toilettes. Et l'expérience ne se limitait plus dans les toilettes publiques. Aux gares de train et de bus, au travail, au parc, au restaurant, à la bibliothèque, dans les moyens de transport public, au sport, même à la maison avec le voisinage, partout, partout où on demandait au Noir de se pointer et de s'intégrer…

Flixbus

Le covoiturage était une idée brillante. Les Africains n'étaient pas très cartésiens pour le rationaliser. Car voyager avec un inconnu était risqué pour tous, à tout égard. Les humains servaient de sacrifices à quelques divinités adultérées pour des rituels menant à la richesse et au bien-être. De nombreux scandales d'enfants enlevés, de personnes disparues, de nombreux témoignages de puissants mystiques corroboraient avec brio l'utilisation de certaines parties du corps humain, surtout intimes, pour l'acquisition du pouvoir et de la fortune. Sinon, on pouvait gentiment se faire agresser. Le complot, les bandits et les coupeurs de route… L'Europe n'y croyait pas. Un tel qui avait un véhicule et qui se déplaçait, pouvait l'annoncer sur internet. Ainsi, ceux qui avaient le même itinéraire se signalaient et ils s'organisaient. Cela avait l'avantage d'économiser pour le carburant et de se faire de la compagnie. J'avais souvent voyagé en covoiturage. C'était bénéfique. Ensuite, puisque cela était rentable, de plus grandes compagnies s'y mirent. À côté des voitures personnelles, il y avait désormais des bus, Flixbus.

J'avais souvent voyagé avec le bus. C'était long. Mais ça ne coutait pas grand-chose et on pouvait apprécier le paysage ou écouter de la musique. J'étais en crise amoureuse dans les basses températures nivéales d'automne. Mon cœur était fissuré par tant d'incertitude de la part de la femme que j'aimais. Je devais me rendre en Hollande, à Amsterdam. C'est là-bas que vivait la jeune et exagérément belle femme qui m'avait volé le cœur et arraché l'âme. Nous nous étions connus en Allemagne. J'avais pris quelques affaires et avec mon cœur endolori, je m'étais rendu chez elle pour clarifier notre situation. La Hollande faisait partie de l'Union Européenne et il ne fallait pas grand-chose pour s'y rendre. Mon permis de séjour, mon permis de conduire, ma carte d'étudiant, ma carte d'assurance, ma carte bancaire quelques livres, un stylo, des vêtements de rechange, une serviette, mon ordinateur et un peu d'argent liquide. Mon passeport, je ne l'emportais jamais avec moi, sauf quand j'avais rendez-vous avec l'administration ou quand je voyageais en avion ou hors de l'Union Européenne. Et cela n'avait jamais été un véritable problème. Sur le permis de séjour, on avait marqué le numéro identifiant du passeport. Et d'ailleurs pour avoir un permis de séjour, il fallait avoir d'abord un passeport valable. C'était d'une évidence ! À la frontière, il y avait des contrôles de routine de la police et de la douane. Mes documents étaient tous bons. Je ne me faisais aucun souci. Je voyageais régulièrement dans les pays de l'Union Européenne et même en Suisse. J'étais arrivé à Amsterdam et je fis ce qu'il y avait à faire.

Je retournai quelques jours plus tard, le cœur suriné et la tête alourdie par des pensées sans fin. J'étais malade d'amour et je souffrais de pétrarquisme. Ma sylphide ne m'avait rien dit. Elle voulait du temps pour être lucide et décider ensuite. C'était sa vie et le choix de son conjoint lui semblait, à juste titre, très sérieux. Pris entre chagrin et espérance, je n'avais envie de rien. Je n'avais rien avalé. Je ne pouvais pas lire les quelques bouquins que j'avais emportés avec moi. Je ne pouvais pas écrire. Je ne voulais pas écouter la musique. J'étais là, les yeux rouges hagards, retenant avec violence des larmes dures, plongés dans le néant, la gorge nouée, gonflée d'anxiété. De retour, je devais échanger de bus à Amersfoort. Il pleuvinait. J'avais attendu finalement près de quatre longues heures, car le bus qui me conduisait pour l'Allemagne avait du retard. Il y avait beaucoup de contrôles et de barrages en raison des rumeurs et des tentatives d'attentat de la part de DAESCH dans toute l'Europe. À l'arrivée du bus, il fallait faire le rang sous la pluie. Déjà trempé avec ma petite valise anthracite, il me fallait montrer mon ticket et une pièce d'identité, justifiant que c'était bien moi propriétaire du ticket. Le conducteur du bus, très pressé à cause de son retard, trempé dans une bonté euphorique de protection et soucieux de la sécurité de l'Europe, exigeait aux passagers de fournir en plus des tickets le passeport biométrique. Il avait été mis en retard par quelques passagers à la frontière qui n'avaient pas de passeport. La police les avait alpagués et il avait dû attendre longtemps. Il ne voulait plus revivre cela. Je lui avais montré tous mes documents administratifs. Il les avait tous rejetés. Comment pouvait-on être si borné ? Déjà, ce n'était pas son droit de vérifier les passeports. La police le faisait déjà et cela n'avait jamais été un problème au sein de l'Union Européenne et même à l'aller du voyage avec la même compagnie de transport. Sous la pluie, aidé de son accointance, ils me repoussaient pour refermer la portière du bus. Je lui expliquais qu'il faisait une grave erreur. Mais il n'en avait rien à foutre. Les autres passagers lui dirent aussi que mes documents étaient bons. Avoir un permis de conduire en Allemagne était déjà la preuve d'une intégration réussie. Le permis de séjour était un document valable. Être étudiant en Allemagne était une couverture solide. Mais le conducteur ne voulait rien savoir. Il refermait les portières sur moi. Je ne pouvais pas le laisser partir. Je ne connaissais personne à Amersfoort. Un policier, qui suivait depuis peu la scène avait demandé ce qui se passait. Je le lui avais expliqué, en allemand puis en anglais. Je lui avais présenté les documents. Il n'y comprenait que dalle. Il dit que si le conducteur m'empêchait de voyager, il avait ses raisons. Lesquelles ?

Je me résignai à le laisser partir. J'étais là, trempé, sous la pluie. Le policier amateur avait disparu. Ils avaient tous violé mes droits les plus élémentaires. Seulement parce qu'ils étaient peu zététiques et heuristiques. Par dogmatisme, ils m'avaient assommé. Je ne pus rentrer en Allemagne. Et je dus annuler tous mes rendez-vous, mes obligations… Je ne savais quoi faire à Amersfoort. À tort, ils m'avaient empêché de voyager et voué aux gémonies. Ils m'avaient humilié en public, ils m'avaient honni et traité comme une vulgaire vermine en sénescence. Qu'avais-je fait pour mériter cela ? J'étais pourtant en règle. Que pensaient les gens qui assistaient à la scène ? Comment interprétait-on cela ? Avais-je été assimilé à un « illégal » ? Me traitait-on de terroriste ? Aurait-on agi ainsi avec un Blanc ? En vain je m'étais plaint auprès de la centrale.

Le conducteur exerçait en toute impunité et avait le sentiment d'avoir bien fait son travail et été utile à l'Europe. Ils protégeaient tous, sauf le Noir qui semblait du coup, représenter la menace, lui qui pourtant face à tant d'injustice, de préjugés, face à la complexité de la bureaucratie, face à tant d'ignorance bilatérale, avait besoin d'être compris, aidé et protégé…

La mobilité du Subsaharien

Voyager, c'est bien. Le voyage ouvre l'esprit. Voyager en avion, c'est encore mieux pour les Subsahariens. Beaucoup des leurs voyageaient alors pour le luxe et pour la reconnaissance d'avoir été une fois au moins dans un avion. D'aucuns voyageaient alors pour la Mauritanie ou pour le Maghreb. Juste comme ça. Chacun avait le droit de rêver, et c'était légitime de fuir la guerre, la misère. C'était légitime de faire du tourisme ou d'aspirer à une vie meilleure. En cela, personne n'avait son mot à dire. Personne ne devrait encourager ou dissuader un aventurier. Chacun était responsable de sa vie. L'histoire démontrait, par ailleurs que, rien de grand ne s'était accompli dans ce monde sans l'aventure.

Ce qui était déplorable, c'était de vouloir quitter son pays, sans but, sans plan, sans aucune qualification, avec une béante incertitude, seulement parce qu'on croyait l'herbe verte ailleurs. C'était la soif incoercible de partir, quitte à dilapider toutes ses maigres économies, à abandonner sa famille, ses amis et l'univers qu'on s'était bâtis, quitte à mourir de soif ou de faim, ou à être attaqué par les animaux erratiques et féroces du désert, quitte à être réduit en esclavage, à servir de rançon, à être maltraité par des sans cœurs du Maghreb, quitte à mourir de froid ou à être avalé par des requins, par l'océan, sous le regard complice de l'Afrique Noire, du Maghreb et de l'Union

Européenne. Et à quelle fin? Arriver en Europe, sans savoir parler leur langue, sans rien comprendre de leur réalité politique et socioculturelle, n'ayant ni toit où dormir, livrer à soi-même, se faire rapatrier ou stigmatiser par une société arrogante, venimeuse et très nerveuse, manipulée par leurs politiques dans le discours de la haine, de l'économie, des impôts et de l'immigration. Pour des bribes, pour des colliers de misère, pour de la désillusion, pour l'esclavage moderne.

Voyager en avion était déjà un luxe qui prouvait que l'immigré était presqu'en règle. Il devait avoir un passeport, un visa et des comptes bancaires pour les transactions pour le billet. Beaucoup voulaient quitter l'Afrique, seulement pour le luxe de l'avion. Pour être enviés des autres. Les Subsahariens s'appropriaient une fausse louange de l'appareil. Beaucoup quittaient l'Afrique subsaharienne, non plus parce qu'ils étaient persécutés pour leurs orientations sexuelles, sociales et politiques, pour leurs appartenances ethniques, non plus même à cause de la misère, car malgré le chômage incoercible et les crises complexes à n'en point finir, ils mangeaient à leur soûl, ils se salaient le bec. Ils étaient extrêmement bovarystes et désorganisés dans leur misère. Personne n'aimait le reconnaitre mais ils avaient les pieds nickelés. Ils étaient de gros paresseux, guidés d'une désorganisation financière légendaire. La gabegie n'était pas qu'étatique. Au plus bas de l'échelle sociale, les Subsahariens appliquaient bien la Parole de Dieu qu'ils avaient reçue du colon : «Ne vous inquiétez donc pas du lendemain; car le lendemain

aura soin de lui-même. À chaque jour suffit sa peine. »
(Matthieu 6 : 34, Amen !).

L'école était accessible à tous, contrairement à ce que les médias capitalistes occidentaux laissaient croire. Mais des parents subsahariens voyaient l'école encore d'un mauvais œil. C'était une invention de Blanc. Pourtant ils ne mussaient plus leur égoïsme flavescent. Les pères préféraient être en ribote, en compagnie de leurs amis et de leurs maitresses. Les mères, délaissées par leurs familles et maris, s'achetaient des pagnes, des chaussures au détriment de l'éducation de leurs enfants. Irresponsabilité ! Après ils accusaient leur gouvernement. Puis, ils se donnaient tous les moyens vénaux et illégaux pour se rendre en Europe ou pour entrer à la fonction publique. Et malgré la mort, les échecs et la non-amélioration des conditions de vie des employés de la fonction publique, ils continuaient à croire que leur salut ne résidait qu'en cela. D'aucuns, désillusionnés du dysfonctionnement de la fonction publique, abandonnaient tout pour risquer leur vie, frauder et finalement arriver en Europe et baguenauder.

Ces derniers-là, on ne devait pas les juger. Tout le monde avait droit au bonheur et à réaliser son rêve. À bien y voir, ce n'était pourtant profitable ni à l'Afrique, ni à l'Europe. L'Europe pouvait se servir de ces cas pour montrer son évergétisme et justifier la hausse des impôts de ses concitoyens avec l'inconvénient que les travailleurs européens haïssaient du coup les Subsahariens. Quelques lois les protégeaient, ils faisaient des enfants, recevaient un peu d'argent, obtenaient finalement un titre de séjour, un logement social et travaillaient alors s'ils le voulaient pour des colliers de misère. Et les Subsahariens, pour la fierté de leurs compatriotes et quelques garanties et privilèges qu'ils obtenaient, parlaient de remboursement de la dette coloniale et du néocolonialisme.

Avec arrogance et orgueil, ils se faisaient alors voir partout sur les réseaux sociaux, mettant en scène un luxe utopique mais marmoréen (voiture, vêtement, Champs-Élysées, chics restaurants, grandes villes et métropoles, magasins de luxe, etc.), renforçant ainsi l'aliénation et le complexe du Subsaharien. Très rarement, en revanche, ils offraient de l'argent et quelques biens à leurs familles, amis et proches avec la plus grande oraison jaculatoire. Ils altéraient les Subsahariens et leur proposaient des bribes, poussant ainsi les faibles, dorénavant impavides, à rêver et avec imprudence et impatience, emprunter la voie de la méditerranée. Ils ne disaient plus qu'ils étaient venus par la mer, qu'ils mourraient dans la mer. Ils ne disaient plus que la police les appréhendait constamment et qu'ils étaient régulièrement sur le qui-vive. Ils ne disaient plus qu'ils n'avaient nulle part où dormir, qu'ils dormaient dans des gares, sous des ponts, etc. dans les basses températures hivernales, ou qu'ils dormaient entassés comme des buchettes d'allumettes dans une boite. Ils ne disaient plus qu'ils n'avaient aucune intimité. Qu'ils étaient victimes de rejet de la part des Européens. Qu'ils avaient une mauvaise intégration, qu'ils n'avaient même pas de carte bancaire et qu'ils travaillaient clandestinement, souvent sans être payés ou sinon sous-payés. Ils ne disaient plus qu'ils entretenaient des chiottes, qu'ils étaient manipulés par les plus anciens Noirs…

Tout ceci n'était qu'un effet collatéral de la globalisation. Pour un eurocentrisme très prononcé et une Afrique non-assidue, il était devenu certes difficile, mais pas impossible de voyager normalement et s'épargner ce calvaire caligineux. Il y avait des ambassades de tous les pays dans tous les pays pour la demande de visa. Il fallait un motif et des compétences pour ce motif. Le partenariat de la mondialisation était un win-win. Des travailleurs, des étudiants, des chrétiens, des sportifs, des danseurs, des politiciens, des élèves, des musiciens, bref tout le monde voyageait, avec restriction et discrimination, selon ce principe. Ceux qui soumettaient aux administrations compliquées toute sorte d'amphigouri pour le visa, au prix d'une endurance acharnée contre la bureaucratie et l'arrogance occidentale, et qui, une fois sur place, devaient travailler durement pour survivre et s'intégrer dans la société blanche, avaient l'honnêteté et la lucidité de dire aux Subsahariens de doublement réfléchir avant d'entreprendre un tel projet.

C'était une mission délicate. Ils devaient faire très attention à ce qu'ils disaient. D'abord, ils devaient dissuader de l'idée de voyager « illégalement ». Ensuite, ils donnaient des informations qui aideraient pour l'obtention du visa. Ils devaient travailler. C'est pour cela qu'ils étaient arrivés en Europe, mais ils laissaient leurs vies pour assouvir la connaissance de quelques ingrats, égoïstes et arrivistes qui les contactaient urbi et orbi pour des questions finalement irresponsables. Beaucoup d'Ivoiriens résidant en Allemagne pouvaient entendre la question «Mais où se trouve l'ambassade d'Allemagne en Côte d'Ivoire?» ou

« Trouve-moi une bourse d'études ! » Les candidats potentiels pour l'Europe avaient la tendre lâcheté de ne pas se renseigner, pas même pour le minimum. Quand ils recevaient des liens internet pour postuler, ils s'irritaient contre ceux qui les leur proposaient. Ils voulaient que tout fut rempli et arrangé, jusqu'au billet d'avion. Leurs efforts, ce serait de se rendre à l'aéroport. C'était difficile sûrement de se déplacer dans la capitale ! Quel hubris ! Pour cela, ils préféraient donner beaucoup d'argent à quelques personnes qui promettaient accomplir toutes ces démarches qu'ils mystifiaient finalement. Cela engendrait une corruption époustouflante.

Quand les zététiques leur demandaient de bien réfléchir car tout cet argent et ces efforts pourraient aussi servir à développer leur région, à investir et à prospérer là, ils sous-estimaient ces précieux conseils. Dans un monde de liberté, personne ne pouvait interdire à quelqu'un de faire ce qu'il voulait. Avec dystopie, ils leur disaient qu'il y avait un prix lourd à payer pour l'Europe. Ils leur relataient le racisme latent, les impôts, la discrimination sous toutes ses formes, le choc culturel, l'hiver, le chômage, les défis linguistiques, physiques et mentaux. Mais un ventre se croyant affamé n'avait plus d'oreilles. Ils s'en foutaient. Ils pensaient avoir enduré pire. Ils se sentaient braves, courageux et affidés. Et quand le temps d'entamer les démarches arrivât, beaucoup abdiquaient. Parce qu'ils avaient déjà utilisé l'argent que leur expatrié, se privant, se sacrifiant, leur avait envoyé pour le passeport, pour les courses… Ils avaient dépensé cet argent avec leurs amis dans une boîte de nuit. Ils avaient offert de la boisson et de la nourriture à tout le monde. Ils ne voulaient pas avoir à téléphoner les étranges combinaisons des ambassades assez onéreuses. Ils ne voulaient pas se lever à la diane pour se rendre dans d'autres communes pour les rendez-vous pour les pièces requises. Leur sommeil était précieux. Pourquoi allaient-ils se lever tôt? Pourquoi? Ils n'avaient pas de conscience et de conscience horaire. Ils n'avaient aucune endurance. Mais, ils résumaient tout à l'argent et déjà les expatriés leur avaient envoyé beaucoup d'argent qui aurait pu servir à d'autres choses.

La plupart échouait. On leur refusait le visa. C'est pourquoi, les autres préféraient la méditerranée et enviaient ceux qui obtenaient le visa. On trouvait toujours un salmigondis pour refuser le visa injustement à la masse. Ceux qui abdiquaient avant d'avoir échoué, ceux qui échouaient, tous, abhorraient du coup l'expatrié. La jalousie, la mauvaise foi se démasquaient de leurs visages. Ils n'adressaient plus la parole à ces derniers. Ils calomniaient et médisaient, ceux à qui ils avaient pris beaucoup de temps, d'énergie et d'argent. Eux, qui étaient tant corrodés, anéantis par le système européen, eux qui aimeraient que plus personne n'endurât ce qu'ils enduraient, eux que le voyage européen avait formé, eux dont l'avis et les conseils auraient pu être précieux et utiles. Eux qui se sacrifiaient nuit et jour pour leur famille, leurs amis, leurs pays. Ils envoyaient de l'argent sans jamais être certains que les destinataires avaient reçu, tant ils étaient insouciants, ingrats, et insatiables. Ils voulaient tout. Un seul Noir en Europe avait au minimum cent harceleurs nerveux, oppressants qui exigeaient sans pitié d'être aidés. Ils avaient tous les problèmes du monde. Ils manipulaient les expatriés, ils manipulaient leur sensibilité. Les Noirs en Europe ne dormaient plus, ne mangeaient plus, pleuraient avec eux, aidaient. Et après, ils disparaissaient. Ils allaient vivre, sans chercher à savoir si les Noirs en Europe, eux, mangeaient. Le Noir en Europe portait, du coup, ses défis pour lui seul, il trébuchait, mais il ne pouvait compter sur personne. Il était malheureux dans l'âme. On se servait de lui. Il était kidnappé, impossible de rentrer chez lui les mains bredouilles. Il ne pouvait même plus rentrer pour des vacances. Il était impécunieux. Mais les pauvres Subsahariens, très égoïstes, s'en foutaient. Ils allaient et venaient selon leur besoin, l'injuriaient, le recontactaient selon leurs besoins. Et lui, il était là pour ça. C'est pour ça qu'il était venu en Europe. Beaucoup de Noirs en Europe mouraient dans leur âme, parce qu'ils étaient manipulés, ils ne recevaient aucune bribe d'amour des Subsahariens. Ils gagnaient un peu d'argent, ils survivaient et aidaient. Ils pensaient investir pour des projets (construction, éducation, commerce, markéting, etc.) Mais on dilapidait tous les fonds qu'ils envoyaient. Le fruit de leur effort, l'argent glacé, l'argent de leur corps, de leur santé. Et même arrivés en Europe, beaucoup de Noirs abusaient et manipulaient des Noirs… C'est tout. Cependant, le bienfait n'est jamais perdu…

L'administration allemande

Si l'Europe est assez développée aujourd'hui, c'est pour son organisation. Le secret d'une vie réussie, c'est d'ailleurs l'organisation. Pour tout problème, toute démarche, il y a un bureau d'accueil, normalement d'une haute compétence, qui aide. Pas de vin de pot. Rien n'est impossible à l'Europe. Il faut beaucoup signer en Europe. Il faut fournir aussi beaucoup de documents inutiles pour la plupart du temps ou impossibles à avoir. L'administration allemande est efficace. Cela ne fait aucun doute. Elle aide beaucoup les Subsahariens pour leur intégration en Allemagne. Les administrations sont très autonomes. Il y a des règles qui régissent ce qu'il y a à faire. Et pourtant, quelques fonctionnaires de l'administration ne savent plus en quoi ils devraient être expédients. D'aucuns ne savaient plus pour quoi ils travaillaient. Et ils pensaient qu'ils étaient là, non plus pour travailler pour les étrangers (ceux du service des étrangers surtout), mais pour travailler contre eux. Ils étaient très insidieux. Ils cherchaient dans tous les documents la moindre faille pour refuser de délivrer le document final dont avait besoin un étranger Noir. Personne ne sait comment cela se passe avec les étrangers Blancs. Il semble au demeurant qu'ils sont un peu plus « gentils » avec les Blancs et souvent les Jaunes (Russes, Français, Américains, Chinois, Japonais). C'est facile de ne ressentir aucune commisération pour le Noir et de le tancer.

Il y avait souvent de l'arrogance extraordinaire et une inflexibilité prométhéenne là où les Subsahariens avaient besoin d'aide. Ils étaient dépaysés. C'était bien fait pour eux. Ils ne savaient rien des pays dans lesquels ils émigraient. Ils ne comprenaient pas toujours les langues des pays dans lesquels ils émigraient mais surtout le système. Ils étaient toujours surpris, ébahis, incertains, ne sachant presque jamais quoi faire. Pas même pour l'achat d'un titre de transport à l'automate. Ils atterrissaient béjaunes, bréhaignes, perclus, attendant toujours qu'on leur dicte quoi faire. C'était alors un hapax pour les autorités administratives, très pressées et nerveuses. Les Subsahariens avaient du mal à s'exprimer en allemand en Allemagne. L'allemand leur était un virelangue. Chaque Africain en Allemagne connait le stress du séjour. Personne n'y échappe. Le permis de séjour était octroyé selon le motif et la durée du séjour. Si le Noir venait pour des études de licence, il avait trois ans pour mener à bien sa licence. On lui donnait cependant un permis de séjour d'un an qu'il devait renouveler. C'était une manière de voir s'il ne serait pas un problème pour l'Allemagne, s'il paierait ses factures, son loyer, ses assurances et s'il travaillerait bien à l'université. Si les conditions n'étaient plus remplies, on pouvait ne plus prolonger son séjour. Pour prolonger le séjour, il y avait d'ailleurs des frais à payer. Et cela dépendait essentiellement de la validité du séjour. D'emblée, il fallait prendre un rendez-vous. L'établissement du permis de séjour durait entre trois et quatre semaines. Il fallait alors, pour les plus méticuleux, deux mois avant l'expiration du permis de séjour, contacter le service des étrangers. Là commençait la frustration. Quand le Subsaharien passait aux services des étrangers, on le précipitait dehors. Il n'avait pas pris de rendez-vous. Que croyait-il? Où se croyait-il? C'était presqu'impossible de prendre un rendez-vous séance tenante. Pourtant la plupart des travailleurs de l'administration ne grenouillaient que dans leur bureau, à boire du café, à sortir fumer ou à s'occuper avec une extrême lenteur de quelques cas, sinon ils téléphonaient beaucoup. C'est pourquoi, il fallait prendre le rendez-vous par appel ou par mail, même si l'on habitait à une minute de leur bureau. Les Subsahariens étaient stressés, honteux et complexés, perplexes, soucieux quand ils se rendaient au service des étrangers. On leur parlait comme à des gamins. On les renvoyait et ils ne comprenaient pas tout. Quand ils lançaient l'appel pour prendre un rendez-vous pour prolonger leur séjour, conformément à ce qu'on attendait d'eux, la ligne était toujours occupée. Quand ils écrivaient des mails, comme on leur demandait aussi, on ne leur répondait pas toujours ou à temps, il y avait des spams. Et puis la fin de leur séjour galopait dangereusement sans qu'ils ne sachent quoi faire. L'insouciance de l'administration était alors spectaculaire. Ils pouvaient donner un rendez-vous dans un mois même si le séjour finissait dans une semaine. Comment le Subsaharien vivrait les trois autres semaines «illégalement» ne les engageait plus. Chacun faisait son travail et ils faisaient le leur. L'exemple le plus acerbe était même à l'hôpital. Qui avait mal aujourd'hui et qui appelait pour un rendez-vous devait passer au minimum la semaine prochaine. Ça n'engageait que lui, s'il mourait aujourd'hui. Pourtant il payait l'assurance. La peur, l'angoisse, le sentiment d'être « illégal » et la crainte de se faire appréhender par la police n'engageaient que le demandeur. Au travail, il était mis en pause. Il avait besoin d'un nouveau titre de séjour et un permis de travail pour continuer à travailler. Personne ne l'aidait en cela. Quand il put obtenir un rendez-vous, il devait encore fournir beaucoup d'attestations. Quand tout fut bon, on lui prolongea encore le séjour pour un an. Il payait les frais. On ne prévoyait plus que, dans un an, il serait en plein examen et qu'il devrait réviser que de vivre le calvaire de l'organisation pour le rendez-vous. On ne prévoyait plus qu'il n'aurait pas encore eu son diplôme qu'il attendait pour être admis en maitrise ou pour travailler. On ne prévoyait même plus la fête de la cérémonie de remise de diplôme. Un an c'était un an. C'est la loi. Personne ne le comprenait. Tout le monde attendait son permis de séjour pour qu'il continue à vivre, à étudier, et à exercer les motifs de son séjour. Et pour avoir le permis de séjour, il devait travailler, continuer d'aller à l'université, avoir des diplômes, travailler. Sans commisération, ils couraient entre toutes ses instances inflexibles, convaincues de faire du bon travail. Incompris, malmené, à bout de force, il pleurait à chaudes larmes. Personne n'y échappait, des étudiants, des doctorants, des travailleurs, les aides-soignants, les aupairs, même pour les colliers de misère. Et souvent, il arrivât que pour des ambiguïtés, pour quelques documents manquants, on refusât de prolonger. Alors le Subsaharien était rapatrié ou se mettait dangereusement en évanescence, changeait de ville, vivait provisoirement dans la clandestinité, espérait, persévérait à un prix psychologique lourd jusqu'à obtenir gain de cause. Dans chaque administration allemande, il y avait quand même un raciste qui n'aimait pas son travail, ou des gens trop zélés qui finalement travaillaient contre le Noir, au lieu de, comme prévu, travailler pour lui. Ils étaient alors sur la défensive et éprouvaient un réel plaisir, une grande jaculation à éprouver le Noir. Comme des règlements de compte, ils étaient sans merci et œuvraient pour le rapatriement ou le non-renouvellement du titre de séjour. C'étaient les cauchemars des Noirs. Malheur à quiconque les croisât. Malheur aux Noirs, car il y avait forcément un tel dans chaque administration allemande.

Étudier en Allemagne

Étudier en Europe est assez flatteur. C'est un idéal. Obtenir des diplômes, exercer un métier partout dans le monde, gagner de l'argent, gagner en notoriété, être bien formé, être intellectuel. Oui. Mais personne ne sait pour les étamines. Les Ivoiriens, avec un zèle infaillible, pensent qu'il suffit d'avoir une bourse d'études. Ils pensent que tous ceux qui vivent en Allemagne peuvent leur trouver une bourse d'études. Ils pensent que tous les Allemands, finalement tous les Européens qui partent grenouiller ou travailler en Côte d'Ivoire peuvent leur offrir une bourse d'études. Sinon, ils pensent que chaque institut en ligne sur internet peut leur trouver une bourse d'études, ou plutôt chaque université allemande. Ils pensent que c'est si facile, qu'en un seul clic et avec un bon cœur, ils peuvent comme ça, devenir boursier et aller étudier en Europe. Quand ils manifestent alors leur vœu érubescent de poursuivre les études en Europe, ils traitent d'iconoclaste, d'égoïste, de méchant, ou bien pire, quiconque leur explique qu'il y a une sélection rude, que les chances sont certes existantes mais maigres…

D'autres résument la vie à l'argent. C'est ainsi que ça marche en Côte d'Ivoire. Avec l'argent, on peut tout faire. Donc, ils ont la certitude qu'ils pourraient assumer les frais nécessaires pour l'obtention du séjour (environ 8000 €), qu'il faut prouver gagner chaque année. Ces cinq millions de F.CFA couvriront le loyer, les assurances, les frais d'inscriptions et les nombreux imprévus. Beaucoup de parents irresponsables envoient leurs enfants étudier en Europe seulement pour la première année, puis les livrent à eux-mêmes. Mêmes les Ivoiriens qui vivent en Allemagne, avec l'impéritie de ne pas bien expliquer les conditions pour étudier, aident quelques parents à venir en Allemagne puis les livrent à eux-mêmes. Désillusion parfaite ! Beaucoup de braves jeunes pensent pouvoir travailler, faire tout ; il n'y a pas de sots métiers, disent-ils, pour financer leur séjour. Ils sont étonnés et nerveux quand l'ambassade leur demande comment ils comptent financer leur séjour. Ils pensent qu'ils pourront demander de l'argent à un oncle, emprunter de l'argent à une connaissance et rembourser à leur guise (presque jamais). Ils pensent qu'ils pourront exercer de petits métiers comme cireurs de chaussures, gérants de cabine, vente d'eau glacée, vente de portable, bref, toutes les activités du secteur informel ivoirien. Ils sont béjaunes, grégaires et bréhaignes. Ils oublient que l'Allemagne n'est pas la Côte d'Ivoire. Et ils sont très en colère quand on tente de le leur faire comprendre.

Finalement, ils sont prêts à mettre beaucoup d'argent et à endurer un calvaire psychologique, avec les administrations arrogantes et l'inégalité de la mondialisation, pour arriver au paradis. Il n'est plus bon alors de les dissuader que tout cet argent pourrait servir à les établir en Côte d'Ivoire. C'est un dialogue de sourds que de dire qu'il y a un prix à payer pour l'Europe et que la désillusion pourrait être fatale. À cœur vaillant, rien d'impossible. Ils bravent vents et marées. Ils apprennent les langues européennes avec acharnement. Le russe, l'espagnol, l'anglais, l'italien, l'allemand. Finalement le chinois, l'arabe. Ils paient cher pour les cours de langue. Mais ils veulent aller au paradis. Puis, ils finissent par y arriver. Surpris que leurs efforts aient été récompensés, ils ne savent plus quoi faire. Ils ne savent même plus quoi étudier. Désorientés mais avec une hubris démesurée, ils optent pour des disciplines à connotation hautement intellectuelle : le droit, la médecine, l'histoire, la philosophie, la germanistique, l'arithmétique, les sciences politiques, etc. Ils font des envieux partout et ils le disent avec fierté. C'est bien.

Ce qu'ils ne savent pas, c'est que la langue allemande est déjà un obstacle terrible à leur avancement. Ils ne sont pas prudents. Ils se surestiment et ne voient pas qu'ils peuvent buter. Ce sont des réactionnaires très doués qui ont l'art de trouver des solutions à la dernière minute. Ils ont lutté pour arriver en Europe. Personne ne leur met la pression. Personne ne leur dit qu'ils doivent rehausser leur niveau de langue pour égaler leurs camarades Allemands de cours. On leur fait confiance. Ils ont quand même, pour beaucoup, avec difficulté, souvent après plusieurs essais, réussi l'examen de langue. Ce que beaucoup d'entre eux ne disent plus, c'est qu'ils échouent constamment aux examens de fin de semestre et qu'ils sont menacés d'expulsion. Ils changent de filière récurremment mais sont rattrapés par les faits. Ils doivent aussi aller travailler pour quelques colliers de misère. Ils sont restreints. Ils ont seulement quelques heures de travail car ils doivent essentiellement étudier. C'est le motif de leur séjour. Avec ce qu'ils gagnent au travail, ils ne peuvent plus garantir les 8000 € par an. Quand ils réalisent tout ceci, ils réalisent qu'ils sont au paradis. Beaucoup ne mènent plus à bien leurs études. Ils se déclarent asiles, homosexuels, ils se font ilotes et bélîtres dans des relations amoureuses ou ils manipulent ou sont manipulés. Ils optent pour l'hypergamie. Plus aucune dignité, plus de conscience. L'affairisme industrieux, le remboursement de la dette coloniale. C'est ce qu'ils pensent avant de connaître le vrai visage des autres qu'ils pensent manipuler. Doux paradis. Ils souffrent et sont remplis de blessures mais n'osent le dire à personne. Comment expliquer des braises incandescentes dans un paradis hiémal ? Il faut surtout se taire. Il y a un rang de volontaires très pressés pour subir. Destinée saturée ? Auraient-ils pu avoir une meilleure vie ? Avaient-ils ce qu'ils méritent ? Personne ne saurait répondre.

Les plus brillants arrivent tant bien que mal à avoir des diplômes. Pendant leurs années d'étude, ils doivent parallèlement travailler. Ils ne peuvent pas faire assez d'économie. Ils sont restreints. Oui être étudiant est aussi restrictif. Certaines portes sont d'emblée inaccessibles aux étudiants : prendre un crédit à la banque, travailler à plein temps, le séjour illimité, etc. Ils sont braves, à fond, engagés, fiers et dignes. Ils apprennent beaucoup de théories et ont la tête pleine. Ils sont courageux. Malgré un système différent de ce qu'ils ont toujours connu, malgré l'apprentissage difficile d'une langue nouvelle, ils prennent pied. Ils sont tellement engagés qu'ils ne voient plus le temps passer. Ils ne remarquent pas que leurs camarades

Allemands de licence ont, depuis, quitté l'université et travaillent, et gagnent bien leur vie. Ils ont encore des vélos, le bus ou leurs pieds. À quoi servent leurs pieds ? Ils portent de gros sacs lourds. Ils continuent en maitrise puis en thèse de doctorat et peut-être même pourquoi pas l'habilitation ? Leurs générationnels se marient, ont des enfants, fondent leur famille, entament les premières réalisations, vivent, évoluent. Eux, pelleteux de nuages, vont toujours à l'université. Ils sont flattés avec leurs excellentes notes, les quelques publications de leurs travaux de licence, de maitrise ou de thèse, ou de quelques petits contrats qu'ils honorent en dispensant sur un semestre ou deux quelques séminaires académiques. Quel prestige d'enseigner dans une université allemande ! Peu importe, même si le salaire ne peut même pas garantir le loyer, il y a la bourse encore, et on peut aller travailler parallèlement pour les colliers de misère.

Plongés dans les livres, ils oublient de vivre. Le temps passe, eux stagnent. Leur situation financière et professionnelle est laconique. Ils se contentent de la fierté d'être académiciens. Ils ne s'en rendent même plus compte de comment ils sont inutiles. Ils ne savent rien de la vie pratique. Ils ne savent pas faire démarrer une machine à laver. Ils sont pris au piège. Ils ont constamment le stress du financement et de fin de séjour et du prolongement. Malgré leurs diplômes et bagages intellectuels, ils sont surinés. Dehors, dans la vie active, les gens n'en ont rien à foutre qu'ils sachent expliquer la révolution russe, le national-socialisme ou qu'ils savent fabriquer des quatrains. D'ailleurs, ils ne sont pas pragmatiques. Ils pensent que l'Allemagne récompensera leurs mérites et efforts. Donc, ils ne cherchent pas d'autres issues professionnelles. Ils attendent que tout leur soit servi sur un plateau d'or. Après avoir perdu beaucoup d'années à étudier et à amasser des diplômes, ils sont sans réalisations, sans perspectives. L'Allemagne leur demande alors ce qu'ils veulent faire. Ils sont surqualifiés pour travailler en Allemagne. Et puisqu'ils ne parlent pas l'allemand à la perfection (c'est ce qu'on leur dit après tant d'années de travail), et qu'ils ont optés pour des disciplines pelleteuses de nuages, inutiles à la société de façon pratique, ils doivent rentrer chez eux, sinon se reconvertir. Souvent, on leur refuse le séjour car avoir un diplôme en théologie et travailler dans une boulangerie est une combinaison qui ne marche pas. Après tant d'années, ils sont menacés d'expulsion derechef.

Beaucoup de panafricains leur demandent de rentrer chez eux. Dans la plus grande oraison jaculatoire, on leur fait croire qu'on a besoin d'eux. On leur demande de rentrer servir le pays. C'est bien. C'est aussi l'idée. Mais à leur grand étonnement, ils sont combattus et abhorrés, celés et scotomisés. Pour les recrutements, ils doivent se présenter physiquement. Ils paient pour le déplacement comme un jeu, sans aucune garantie. S'ils ont de la famille, leur avenir dépend de lui seul dorénavant. Il doit soit détruire tout ce qu'il s'est construit, ou ils doivent tout détruire pour lui. Le suivre partout où il ira. Il n'a pas assez de choix comme il le croyait. Car, il « a fui » son pays, il n'est pas favorisé. Les autres candidats, souvent avec des thèses médiocres, avaient quand même servi leur pays. Ils avaient dispensé des séminaires pour leurs professeurs, ils avaient surveillé et corrigé des examens. Ils avaient planifié des rendez-vous avec des étudiantes pour leurs professeurs. Ils avaient fait toutes ces courses pour rien, gratuitement. C'était donc le moment de la récompense. Ils n'avaient pas appris grand-chose et ne pouvaient en rien égaler leurs maitres. Mais celui qui venait d'Allemagne, avait-il contribué? En plus, il venait avec une fierté, une arrogance, un nouveau système, un nouveau savoir, utile, dynamique, actuel. Il allait contredire les maitres du savoir. Sans caractère, on l'arquebusait. Il n'y avait pas assez de places, disait-on et il fallait avoir la grâce de certaines autorités politiques et universitaires. Il y avait même du mysticisme dans les recrutements… En somme, il avait étudié pour souffrir. Le savoir tue, essayez l'ignorance.

Vous n'avez pas le droit

Ce chantage diplomatique est laconique.
C'est vous-même qui nous l'avez appris.
À juste titre, des dissertations ont eu des prix.
Nous ne serons donc plus épris de panique.

C'est aussi l'un de vos enseignements bibliques :
Dieu créa l'homme, afin que partout, il prie.
C'est, par ailleurs, l'argument dont s'approprie
La mondialisation qui partout ailleurs s'applique.

Vous violez vos règles superfétatoires,
Et faites des autres des êtres aléatoires.
Vous les dépouillez, les clouez sur votre croix.

Vous les volez et ne cessez de les rire.
Diantre, ils doivent aussi avoir le sourire.
De les traiter ainsi, vous n'avez pas le droit.

Voleurs d'or

Chaque jour, vous chantez Alléluia, vous priez.
Vous demandez à Dieu la fin de la pauvreté
Afin que chacun, surtout les faméliques, aient à manger.
Pauvre Dieu, vous ne voyez pas comment vous l'emmerdez !

D'ailleurs on ne sait s'il existe ou s'il veut vous écouter
Vos prières sont en plus partiales et sans objectivité
Paradoxalement, sous vos yeux, vos voisins prient agenouillés
Et les mendiants, à la porte de l'Église sont affamés.

Pour un miracle illusoire, vous ne faites que crier.
Or, vous pouvez exaucer ce que vous demandez.
Vous connaissez sans doute le prix de l'or pesé.
Et vous savez les tonnes d'or que, dans vos églises, vous cachez.

Vous n'êtes pas des chrétiens, selon ce que vous enseignez
Vous êtes des touristes spirituels ou des damnés désespérés
Et vous êtes égoïstes et inhumains et bornés
Et vous pensez faire la volonté de votre Jahvé ?

Tu répondras ceci

A telles questions, sonnant, ma foi, stupides :
Avez-vous aussi des ambassades chez vous ?
A-t-on construit aussi comme ici des ponts ?
Avez-vous dans vos villes de grands aéroports ?
Pleut-il alors rarement chez vous en Afrique ?
À cause du désert, plus rien ne peut pousser ?
Tu ne parles pas avec l'autre Noir africain ?
Vous n'avez ni écoles ni universités ?
Votre pays l'Afrique n'a pas accès à la mer ?
Insuffisance alimentaire, sévit la famine ?
Avez-vous un toit ou dormir pendant la nuit ?
Avez-vous des routes et des voitures et des trains ?
La nuit, vos quartiers dangereux sont-ils éclairés ?
Avez-vous des gratte-ciels et des immeubles ?
Avez-vous accès à l'internet illimité ?
Il n'y a qu'en Afrique de la rébellion ?

Tu devras répondre aussi de façon stupide :
Votre ambassadeur chez nous est un gros fou.
Les troncs d'arbres servent de modernes ponts
Vos ressortissants marchent d'Abidjan à Vatteport.
Il neige au Togo, demandez en Centrafrique.
Partout, c'est le Sahara, on ne fait que tousser.
Apprendre la langue de ce grand pays est vain.
Nous nous formons en brousse, on ne sait pas citer.
Nous sommes un pays enclavé, mais l'eau est amère.
À cause de la faim, nous avons tous mauvaise mine.

Les racines des gros arbres ou nos profonds puits.
Tout le monde court et sait se servir des reins.
Marseille est le quartier le plus sécurisé.
Nous sommes pauvres, on n'a aucun meuble.
On préfère vivre sans être surveillés.
Vos pays ne s'occupent pas de leurs oignons

Car de telles questions ne sont pas intrépides.
Car qui les accouche est très borné et fou.
Car il est facile de se renseigner en long.
Car sait la réalité, qui, de chez lui sort.
Car l'Afrique est un continent comme l'Amérique.
Car seul, chez moi, le cacao peut pousser.
Car vos médias mentent, on ne meurt pas ici de faim !
Car on n'a pas besoin que vous nous assistiez !
Car nous sommes des êtres à part entière.
Car vous avez connu des années de famine.
Car nous avons de plus beaux et naturels fruits.
Car notre environnement, sans vous, est très sain.
Car vous devez apprendre à vous informer.
Car on ne fait que vous raconter des fables.
Car en effet, ils ne font que voler et piller.
Car tout ce qui les intéresse : le pognon !

On te dira

On te dira par dogme : c'est comme cela !
Alors on te montrera comment ça marche,
Puis, selon leur propre erronée démarche,
Sans pitié ni humanisme, on t'humiliera.

Quand meurtri, attristé, frustré, tu te plaindras,
On te lancera : vas chez toi si ça te fâche !
Nous accomplissons notre pénible tâche.
C'est terriblement méchant, mais on t'oppressera.

Quand tu demanderas quelques explications ;
Il n'y aura aucune autre indication.
Personne ne sait. Chacun obéit. Mais qui dicte ?

Néanmoins ailleurs, ils sont traités autrement.
C'est ça la globalisation dans leur entendement.
Injustice ! Tous méritent un même verdict !

Le jeu des possibles

C'est un jeu quasiment impossible
Auquel le Noir révolté doit pourtant jouer
Il veut certes valoriser sa culture et la louer
Démonter les préjugés raciaux est sa cible

Il est sur la défensive. On lui demande de comprendre
Quiconque l'humilie selon le prétexte de l'ignorance
Il est vexé mais il manque d'arrogance
Il pense être sage, il doit tout entendre

Donc, il ne peut traiter de raciste et d'imbécile
Qui en fait pourtant montre du fait de ses actes
Il est tolérant. Il a signé cet inique pacte
Face aux humiliations, il se fronce les sourcils

S'il crie racisme, injustice, discrimination
Ceux qui l'aiment se sentiront frustrés
Ceux qui veulent le défendre seront révoltés
C'est normal, ça devient une question de Nation

Ces derniers-là l'enfonceront dorénavant
Ils tiendront pour vrai, tout ce qui se dit de lui
Ils vont le haïr, le vider sous la pluie
Ils regretteront de l'avoir aidé auparavant

C'est une équation difficile, c'est vrai
Mais alors ils ne seraient pas compétents

Il faut dire avec volubilité ce qui rend mécontent
Afin qu'ils voient leurs propres plaies

On sait toutes les injustices du monde
On ne va pas sauver le monde, mais on réclame
Un peu de respect et avec véhémence, on blâme
Mensonges et préjugés qui sortent de vos ondes.

Tant pis !

Aicha SORO

Aïcha Soro est co-auteur du recueil de poèmes *Amour, haine et religion* avec David Landry So. Sa contribution à cette anthologie est pour sa deuxième œuvre littéraire personnelle. Elle prépare une œuvre romanesque et d'autres recueils de poèmes.

Épouser un blanc ou la fille de chez moi

À la petite fille de chez moi, l'on a enseigné au travers des Novelas que le Blanc était l'être le plus romantique au monde. Elle y a cru et y est restée accrochée. Mais au-delà des Novelas, il y avait d'autres motifs : voir son père battre sa mère, sa mère insulter son père, comprendre que son père et sa mère étaient ensemble non par amour mais par obligation. Tous ces motifs n'avaient fait que renforcer l'idée reçue par les Novelas. Ou vice-versa : je n'en savais rien. Le fait était que tous ces motifs la fixèrent solidement à ce mensonge. Alors la petite fille de chez moi résolut quelque chose dans son cœur : épouser un blanc et personne d'autre. Chose bizarre, elle fut encouragée par tout son entourage proche ou lointain. Personne ne voulut lui enlever cette idée de la tête. La petite fille de chez moi ne fit plus confiance au petit garçon de chez moi. Elle ne rêvait plus que du petit garçon de chez eux. Au fait elle ne rêvait que d'amour. Et les stigmas disaient que l'amour, c'était eux.

Lorsque la petite fille de chez moi eut 18 ans et qu'elle prit l'avion pour leur monde, elle le perçut comme l'accomplissement d'une prophétie. Et quand l'envie de se marier se fit sentir, la petite fille de chez moi (devenue grande) dut lutter. En effet, malgré son niveau d'étude et son esprit ouvert, la petite fille de chez moi n'arrivait pas à se défaire de cette idée reçue. Puis vint une situation difficile : la petite fille de chez moi tomba amoureuse ; mais c'était un petit garçon de chez elle. Comment était-ce possible ? La petite fille de chez moi reconnut en lui tout ce qu'elle recherchait chez un homme. C'était l'homme idéal pour elle. Mais c'était un petit garçon de chez moi. Alors elle prit une décision : cet amour ne devrait avoir aucune chance. Elle le tua (l'amour). Et la petite fille de chez moi rencontra un petit garçon de chez eux. Elle se décida de l'aimer. Hélas ! Peine perdue. Elle n'y arrivait pas. Elle tenta et tenta. Mais en son for intérieur, elle était consciente que ce n'était pas le bon.

Et la petite fille de chez moi pleura. Et la petite fille de chez moi pleure. Seigneur soigne la petite fille de chez moi. Voyez jusqu'où une idée reçue peut conduire. Voyez ce qu'un complexe pas soigné peut entrainer. Voyez ce que la société apprend aux petites filles de chez moi. Seigneur je t'en supplie : soigne la petite fille de chez moi.

Fierté ou complexe

Je tiens à dire que les lignes suivantes ne sont qu'une faible partie de tout ce qui sera dit dans cette œuvre. Les mots suivants m'attireront peut-être beaucoup d'ennui ou de haine. Mais je les écris tout de même. Je ne nie pas le racisme et ses conséquences. Je ne vise qu'une nouvelle génération. Aujourd'hui je parlerai de la fierté. Fierté ou complexe?

La majorité des Noirs en Allemagne, étudiants ou étant en formation, ressentent comme un prurit, une obligation d'être les meilleurs dans leurs domaines. Ils espèrent ainsi rehausser le blason du Noir. OK! Soit! Je pense que l'idée ou l'objectif de rehausser le blason du Noir est quelque chose de beau. Essayer de changer les mentalités des Blancs sur leurs idées reçues et leur conception du Noir. C'est très bien. Mais mentionnons ici la manière de vouloir y arriver. Vouloir à tout prix être le meilleur. Je pense que cette façon de vouloir faire les choses cache un complexe sous-jacent : le complexe d'infériorité. L'histoire (sur laquelle je ne reviendrai pas ici) nous a laissé une profonde plaie. Plaie que, je pense, nous avons mal soignée. Nous avons pensé avoir oublié et nous avons cousu le dessus de la plaie au lieu de la laisser granuler de profondeur en hauteur. Conséquence : la plaie s'infecte de la profondeur et comme il faut s'y attendre les points de suture se rouvrent et on a droit à une vision très désagréable. Je m'explique : qui d'entre nous, Noirs, n'a jamais dit à soi-même ou à une connaissance «Sauve notre honneur; il faut les tuer là-bas frère ! (Jargon ivoirien pour dire : montre de quoi tu es capable); faut pas nous faire honte hein; faut leur montrer qu'on n'est pas n'importe qui… ». Le complexe d'infériorité est vivant en nous. Voici le fait. Et pour se le cacher, nous réagissons avec la perfection. Pour nous, être parfaits, c'est nous faire valoir. Mais pour moi, le point fulminant est que la base est ce complexe d'infériorité. On se sent inférieurs et de là, on veut être meilleurs, soit pour cacher ce sentiment, ou pour le faire disparaitre. Comprenez-moi bien, je ne dis pas qu'être meilleur ou vouloir être meilleur est mauvais : je dis que la raison qui nous pousse à vouloir être meilleur est le fond du problème. Je ne veux pas être meilleur pour me sentir supérieur au Blanc, mais être meilleur pour rendre gloire à DIEU ou parce que je le peux. Je pense que nous avons mal soigné le complexe d'infériorité. Nous ne sommes pas inférieurs aux Blancs. Les Blancs ne nous sont pas supérieurs. Nous sommes tous des humains. Ainsi donc, je n'ai pas besoin d'être meilleure que quelqu'un d'autre : je suis égale à mon semblable. Comprenez-moi bien, il s'agit ici des races. Naturellement, il y a des domaines où l'on peut être meilleur que ses collègues parce qu'on est doué : logique. Mais cela ne fait pas de nous des êtres supérieurs. Voilà la nuance. Un autre champ de vision que j'aimerais ouvrir avec vous : les conséquences de cette perfection, le prix à payer. Combien d'entre nous souffrent sous leurs draps. Combien d'entre nous n'y arrivent plus, sont prêts à craquer, se mettent une pression attisée par la communauté. Et le pis, c'est qu'ils ne peuvent plus en parler avec la communauté au risque d'être moqués ou encore plus attisés. Combien d'entre nous se sentent tellement incompris et tellement seuls bien que faisant partie intégrante d'une forte communauté. Nous nous tuons à petit feu. Nous tuons les nôtres.

La majorité des Noirs en Allemagne se sentent obligés de se comporter d'une certaine manière pour être acceptés dans la société et faire valoir le Noir. Ici j'aimerais ouvrir un volet que je dirai social. Et j'irai à partir d'un exemple. Un jour, j'entendis parler d'un Noir qui avait fait une gaffe et j'eus tellement honte. J'eus honte d'être Noire. Je me dis : merde! Il fait honte à notre couleur. Mais après mûres réflexions survinrent les questions suivantes : pourquoi devrais-je avoir honte juste parce qu'un Noir avait fait une gaffe ? Ce Noir est-il moi ? Suis-je lui ? Est-ce toute la race noire qui avait fait une gaffe ? Au fait, certains Noirs se disent que pour être acceptés, ils doivent tout faire parfaitement. Ils n'ont pas droit à l'erreur et doivent être des anges. Petite question : n'y avait-il pas d'Allemands délinquants ? Si les Allemands acceptent les Noirs, juste quand ils sont 'exemplaires' cela relève donc de l'hypocrisie. Mais cela pourrait aussi révéler un plaisir caché et enfoui de voir leurs enfants être des petits exemplaires. C'est-à-dire une projection de ce qu'ils n'ont pu atteindre : j'espère que mon enfant soit parfait, il ne l'est pas, je projette mon ambition sur le petit Noir qui vient dans mon pays et qui est étranger (j'attends de lui qu'il soit parfait parce que ça ici c'est mon pays et je décide de qui vient et comment se comporter.)

Je refuse d'être complice. Je refuse d'encourager des courants de pensée qui ne me conviennent pas. Un Noir peut sou ffrir de dépression. Si je me postule contre la dépression ce ne serait pas pour élever une race et rabaisser l'autre, mais pour d'autres raisons.

Marc Onesime TIBOUI

Marc Onesime TIBOUI est le cadet d'une famille de trois enfants. Il est passionné de livres et de musiques. Il est aussi écrivain poète, slameur, rappeur et auteur-compositeur de sa musique. Il vit actuellement en Allemagne où il concilie passion et études.

Galère d'ici ou galère de là-bas ?

Il était dix heures passées de cinq minutes lorsque le rouge taxi-compteur ne s'immobilisa pas au parking, mais plutôt sur l'une des voies qui menaient à l'entrée de l'aéroport. Les conducteurs de taxis garaient ainsi afin de facilement reprendre le chemin du retour; ils gagnaient alors du temps en évitant de parquer leurs voitures selon les règles pour que leurs véhicules ne peinassent à sortir. Les règles, quant à elles, étaient futiles dans ce pays où tous les conducteurs ou du moins la majorité gagnaient son pain quotidien au détriment du respect des normes sociales. Les chauffeurs de taxi étaient encore plus obéissants et s'efforçaient tant bien que mal de se conformer aux lois sur la conduite routière contrairement aux chauffeurs de camionnettes communément appelés gbaka qui, eux, étaient des chauffards comme s'en plaignaient plusieurs de leurs clients, qui malgré tout n'abandonnaient ce moyen de locomotion. Et tout cela sans évoquer leur grossière tendance à s'adresser aux passagers. Ainsi le taximan gara l'automobile en face de l'entrée de l'aéroport en plein milieu de la voie, et ce, sous le regard non vigilant de deux gardes qui semblaient songer à on ne sait quoi. Le conducteur lui tendit la paume sans broncher. Il ne la remarqua point tant il surfait sur une sublime vague d'imagination et cela se lisait sur ses lèvres à travers un léger sourire. Il pensait à tout, à sa vie d'hier, à sa vie d'aujourd'hui puis à celle qu'il mènera demain à la même heure. Il s'en réjouissait déjà. « Petit, tu vas derrière l'eau ; faut augmenter mon argent hein ! » s'exclama le quadragénaire qu'est le chauffeur. Il esquissa un léger sourire en se tournant vers l'homme. Il mit la main dans la poche gauche du pantalon en tissu noir qu'il portait et en fit sortir un porte-monnaie en cuir rouge, noirci par la sueur que provoque la chaleur dans ce pays. Il tendit alors trois mille francs CFA au chauffeur et ajouta en regardant ses amis, à l'arrière du véhicule : « vieux-père, mes supporters sont en tas[1] ». Ils se mirent tous à rire.

Quelques minutes plus tard, ses amis et lui avaient quitté les sièges du véhicule et se retrouvèrent tous les quatre à l'entrée de l'aéroport. On pouvait lire au-dessus de l'une des deux portes vitrées en face d'eux «ARRIVÉE» puis au-dessus de la seconde «DÉPART». Mais cela ne restait que des inscriptions par-dessus des portes, car les gens entraient et sortaient où bon leur semblait. D'ailleurs les règles dans cet État n'étaient pas brisées que par les conducteurs, mais aussi par toutes les couches sociales. C'était en un mot, l'un des pays traités de merdes. Et c'était cette merde que fuyaient les enfants de cette terre. Certains la quittaient clandestinement par bateau et d'autres, comme lui, étaient fiers de l'abandonner par le moyen aérien. Leurs familles et eux trouvaient cette manière de courir vers le royaume doré sous le soleil moins acharné de l'occident mieux et s'en réjouissaient. Ils avaient souvent entendu des rumeurs selon lesquelles la vie en Europe ne faisait pas de cadeaux aux Noirs,

____

[1] Expression ivoirienne qui dans ce contexte signifie : il y a des gens avec moi à qui je dois donner de l'argent.

mais ils préféraient se concentrer sur l'autre version des faits qui montrait les jeunes de la diaspora vivre dans un certain luxe à leur retour au pays. Et puis «galère de là-bas est mieux que galère d'ici» était la citation qu'ils chérissaient le plus, ses amis et lui, et tous les jeunes gens qui mûrissaient au grand jour ou dans l'ombre d'une cachette intérieure l'idée de respirer l'air européen. Quoi qu'il en soit, ils étaient convaincus de mener une vie de misère mais s'il fallait choisir entre une vie de misère proche de la pauvreté et celle dans la pauvreté, ils n'hésiteraient pas le moins du monde à choisir celle qui en était proche.

Dans le hall de l'aéroport, il y avait un nombre incalculable de personnes; chacun s'affairait à une tâche précise. Ses yeux allaient constamment guetter les aiguilles de la montre rouge qu'il portait au poignet. Son ventre tressaillait d'impatience mais il devait encore attendre environ trois heures de plus pour passer au contrôle. «Donc, mon fils tu gagnes temps[2] comme ça hein!» s'étonna Isidore qui n'arrivait pas à croire que son ami ne sera pas présent au déjeuner de demain.

— Ça me fait bizarre aussi! avait-il répondu.

— Quitte là-bas, faut dire que tu es enjaillé ouais! intervint Rodolphe qui les écoutait attentivement.

— Ce qui est sûr, nous, on va tomber sur toi[3] là-bas. Vas-y en premier pour préparer les lieux. Insista N'da

---

[2]Gagner temps : partir, aller…

[3]Tomber sur quelqu'un : rejoindre quelqu'un (dans ce contexte)

— Sans papo[4]. On va se redjo[5] là-bas sans bruit[6] même, confirma-t-il.

Il quittait ainsi tous ses amis pour embrasser seul une nouvelle vie. Ils viendront le rejoindre plus tard les uns en tant que boursiers, eux, désiraient poursuivre les études jusqu'au doctorat et les autres comme des volontaires tout comme lui. Il se souvient encore de toutes les batailles qu'il fallait mener avant d'obtenir le visa et s'engager pour l'Allemagne. Il fallait d'abord avoir un passeport, ce qui n'était guère chose aisée vu la lenteur et surtout la négligence des agents de la sûreté. Ils ne savaient garder leur sang-froid et parlaient sur un ton hautain à qui avait le malheur d'avoir à oublier une aiguille nécessaire à l'établissement de son passeport. « C'est vrai nous les requérants, exagérions. Mais ce n'est pas pour autant qu'ils devaient s'acharner sur autrui. » pensa-t-il. Ensuite, venait la phase de candidature où il fallait postuler chez plusieurs agences quand on était certain d'avoir ses dossiers au complet et enfin l'ultime étape, le dernier virage, était celui de la demande de visa à l'ambassade. Il fut ôté de sa rêverie par une amie de longue date qui l'appela. Elle venait à peine de prendre congé de celui qu'elle avait accompagné. Il lui sourit et lui fit une chaleureuse accolade. Il lui demanda ce qu'elle faisait là ; elle répondit puis lui retourna la question. Il lui dit qu'ils escortaient également l'un de ses amis. Cette fausse information ne pouvait être vérifiée, car elle ne connaissait que lui dans le groupuscule. La vérité

[4] Sans papo : sans souci

[5] Se redjo : se retrouver

[6] Sans bruit : sans aucun problème

lui sera révélée plus tard quand la terre d'Ivoire ne le comptera plus parmi ses habitants. « eehh, pour lui est bien ohh ! » s'exclama-t-elle ; puis elle lui transmit des bénédictions pour le voyageur inconnu et prit congé d'eux. Il se tourna de nouveau vers ses amis.

— Tu as voyagé avec son esprit[7]. Déclara N'da.

— Djo[8] c'est mieux ainsi. Je ne voulais pas qu'elle me voit autrement dès l'instant où je lui aurais dit que c'est moi qui prends l'avion.

— Jung[9] tu as raison même. Approuvèrent Rodolphe et Isidore tels des choristes.

Ils attendirent ensemble, parlèrent de tout sujet mais surtout de la vie en Europe ; du bonheur que ça ferait de connaître une vie où il sera certain d'obtenir un emploi après une formation. Ils étaient tous obnubilés, envoûtés par la vie en Europe. Après un long moment d'attente, il salua ses amis et leur dit à bientôt. Il mit son sac sur le dos et empoigna les manches de ses deux valises et se mit dans le rang qui avançait plutôt rapidement. En quelques minutes ses amis le perdirent de vue et vice-versa. Il passa les postes de contrôle sans complexité. Il s'assit dans un immense vestibule jusqu'à ce que l'appareil fusse paré au décollage. Il prit son sac et monta, s'assit et attacha sa ceinture de sécurité. Il était seize heures lorsque l'oiseau métallique prit son envol.

Après dix longues heures de vol qui avaient semblé durer une éternité, l'engin volant de la

---

[7]Voyager avec l'esprit de quelqu'un : raconter des mensonges à quelqu'un ; tromper quelqu'un

[8]Djo: gars, pote

[9]Jung: gars, pote (en allemand)

compagnie Fly Emirates atterrit enfin à Dubaï. Il se mit aussitôt à courir, lorsque l'avion vomissait ses passagers. Il n'avait pas de temps à perdre. Il n'avait que deux petites heures devant lui pour trouver le terminale E qui, selon le GPS de Google, n'était pas à deux pas de sa position. Il marchait à vive allure et lorsque cela semblait insuffisant, il courait, accélérait encore et encore. C'était un véritable sprint. Il arriva tout essoufflé à destination, son cœur cognait sa cage thoracique comme s'il voulait s'échapper de sa poitrine. Il se renseigna auprès de deux sublimes demoiselles blanches pour s'assurer qu'il n'était pas au mauvais endroit. Grande fut sa joie d'apprendre que c'était bien le bon. Il fit la queue et vu que le rang avançait assez rapidement, il ne se rendit même pas compte qu'il se trouvasse déjà en face de l'hôtesse qui lui demanda son passeport.

— Tenez ! Dit-il en remettant sa pièce à la demoiselle aux lèvres colorées d'un rouge à lèvres, qui affichait la vive couleur de son nom. Elle le prit, y jeta un coup d'œil, fronça les sourcils, le regarda, puis le regarda de nouveau avant de demander :

— D'où venez-vous ?

— Je viens de la Côte d'Ivoire, n'est-il pas écrit sur mon passeport ? avait-il répliqué, agacé par cette question tout à fait absurde.

— Voyagez-vous seul ?

— Oui, y'a-t-il un problème ?

— Et qu'est-ce que vous allez faire en Allemagne ? interrogea-t-elle sans même prendre la peine de répondre à sa question. En guise de réponse à cette moquerie déguisée en interrogation, il sortit son contrat de volontariat et le lui tendit. Elle feignit de le lire mais elle n'y comprenait rien, car le document était rédigé en langue allemande, une langue dont elle ne savait que dalle. Elle lui demanda s'il y avait une version anglaise. Cette fois, il se mit à sourire et lui répondit par la négative, puis il lui suggéra de s'asseoir afin qu'il lui traduise les clauses dudit contrat. Elle avait mal accueilli cette proposition, elle pensait que le jeune homme se foutait de sa personne. Alors elle lui demanda ce qu'il sous-entendait par cette préconisation. Il lui avait répondu : «Comme vous tenez tant à savoir l'activité que je vais mener en Allemagne, voulez-vous que nous nous asseyions afin que je vous traduise les lignes de ce document?» Un agent de sécurité faisait sa ronde tout près. Il avait remarqué l'humeur irascible de la jeune dame du poste de contrôle; il se rapprocha pour en savoir plus. La situation lui fut rapidement expliquée, il prit le passeport du jeune y jeta un coup d'œil puis demanda d'où le jeune passager venait. C'était de trop, la goutte d'eau qui ferait déborder le vase venait d'être ajoutée au flux de colère qu'il s'efforçait de contenir jusqu'à présent. Mais avant qu'il pût ouvrir la bouche, une voix féminine derrière lui avait hurlé de vive voix : **«C'est du racisme!!!»** Un silence muet régna tout d'un coup, et elle ne cessa de parler :

— Ce que vous faites, c'est du racisme pur et simple. Vous lui avez tout demandé, il a tout fourni pourquoi ne le laissez-vous pas monter? Vous osez lui demander s'il voyage seul et pourtant juste avant lui, il y avait des filles qui ont certainement le même âge que lui ; mais comme elles sont couvertes d'une peau blanche personne ne leur exigea quoi que ce soit. Je crie et je le dis haut et fort pour que tout le monde ici comprenne ce que vous faites. Bande de racistes incongrus et ignares ! Heee l'ignorance est vraiment la mère de tous les maux sur cette terre ! Après ce scandale orchestré par la dame, l'agent de sécurité et la contrôleuse d'un commun accord se regardèrent, puis ils remirent les documents du jeune ivoirien. Celui-ci sans se faire prier reprit son passeport et son contrat, puis se dirigea vers le tunnel d'embarquement. Là, se trouvaient deux contrôleurs qui se contentèrent de regarder le billet d'avion pour ensuite indiquer au passager le tunnel à prendre selon que le ticket était de première ou de seconde classe. Dans le ventre du grand oiseau métallique, il aperçut sans trop de complication son siège. « C'est parfait ! » Pensa-t-il ; c'était un siège près du hublot, ce qu'il avait de tout son être depuis Abidjan désiré. Il s'assit, attacha sa ceinture de sécurité, expira profondément pour évacuer la colère qui s'était stagnée dans sa poitrine. Il prit son portable et ouvrit un livre numérique ; il voulait s'évader quelques instants du monde. Il sentit l'appareil bouger, avancer, accélérer puis décoller. Il se remémora la scène qu'il avait vécue, il remercia intérieurement la dame qui sans même le connaître avait pris sa défense. Il promena le regard dans le but de la trouver mais en vain. « Le racisme, être raciste. J'avais entendu ces termes toute ma vie. La société et les médias nous l'avaient enfoncé dans le crâne, mais ils avaient omis d'enseigner aux hommes comment ils devaient reconnaître des actes racistes. Il n'y avait guère de règles pour indiquer la présence du racisme dans les propos ou les actes d'une personne. Lorsque quelqu'un se faisait voler ou assassiner, on le savait tout de suite grâce à certains indicateurs. Mais dans le cas du racisme il fallait qu'on dise clairement à la victime qu'elle ne pouvait faire ceci ou cela à cause de la couleur de sa peau. Or de nos jours, il est fort probable qu'aucun soi-disant raciste ne soit assez pétri de courage pour être si franc. Et malgré leur incapacité à se montrer au grand jour, le racisme restait bien présent dans le quotidien des humains. Ils l'apercevaient à tout bout de rue sur de nombreux visages. En gros, la victime choisissait d'être victime du racisme, sinon tant que les propos et les actes restaient voilés, on ne pouvait clairement déduire qu'on est en face d'un raciste. Car ça pouvait être une personne ignare, mal informée ou encore plus, mal éduquée. Tout le monde, quelle que soit son origine pouvait être victime de racisme. Mais pourquoi restions-nous, hommes nègres, sur la défensive ? Nous étions prêts à accuser l'autre de racisme parce qu'il n'était pas de la même couleur de peau que nous et qu'il s'était conduit envers nous avec incongruité. Nous oubliions qu'en se comportant ainsi nous n'étions en rien différents de celui que nous montrons en baïonnette sous cette présumée tunique raciste. Tout le monde pouvait être impoli mais pourquoi les Noirs ne prenaient guère cette posture ? Ils sont plutôt, prêts à bondir sur celle de la victime, du marginalisé, du discriminé ? Ou bien était-ce parce que l'Africain en général et le Noir en particulier avait conscience de son infériorité ? Si oui, alors tout était bien clair ; mais dans le cas contraire pourquoi jouait-il tout le temps à la victime, au faible ? L'histoire reste dans le passé, elle est dépassée et archaïque. Aujourd'hui est différent, le présent offre de nouvelles opportunités à saisir pour prouver au monde le contraire de ce qu'il pensait depuis des siècles. Or à voir le comportement des Africains, ils semblent ne pas être prêts à évoluer avec ce siècle. Évoluer ? ... » Pensa-t-il. Il bâilla deux fois de suite et ferma les yeux, puis s'endormit durant tout le trajet.

Il fut réveillé, plus tard, par l'une des magnifiques hôtesses de l'air. Tout le monde sortait de l'avion. Il avait manqué de voir la ville de Francfort d'en haut. Cela l'agaça un tout petit peu. Il prit son sac et sortit à son tour. Il alla au poste de contrôle pour se faire enregistrer, et se dirigea vers le hall du Terminal A. À sa sortie du couloir de contrôle, il ne mit pas longtemps à apercevoir André, un jeune Ivoirien qui était à Francfort depuis maintenant deux ans et qu'il avait connu à l'université.

— Mon fils !!! cria André

— Le père !!! répondit-il à son tour puis ajouta en s'approchant d'André. Tu es devenu paquet[10] hein !!!

— Mon fils, galère d'ici est mieux que galère du pays. En tout cas bon arrivé, tu n'es pas épuisé ? Tu as faim ? Allons manger un truc rapidement avant de prendre ton train. Enchaîna André.

Le nouvel arrivant avait à peine eu le temps d'exécuter des mouvements de la tête pour répondre aux questions qui lui furent posées. Ils se dirigèrent vers un fast-food et prirent de quoi manger. Ils

[10]Devenir, être paquet : devenir, être musclé

passèrent un peu de temps ensemble. André lui raconta ses déboires et comment il s'était fait viré de son travail alors qu'il n'était coupable de rien. Il lui expliqua comment il en avait parlé à un avocat et ce dernier pour couvrir le comportement raciste de son confrère blanc avait suggéré à la victime de se trouver un nouvel emploi. André avait d'abord refusé cette proposition mais l'avocat lui avait expliqué que son ex-employeur ne pouvait le reprendre et s'il restait sans emploi comment comptait-il payer ses taxes et le loyer de son appartement. Alors André malgré son mécontentement s'était résigné et avait tout repris à zéro, avec un nouveau travail. Puis il lui conseilla de faire attention à l'homme blanc, car celui-ci guetterait la moindre faille pour lui pourrir la vie. La conversation terminée, André l'accompagna à la station de train. Le train arriva sept minutes plus tard. Ils se dirent au revoir, et il y monta.

Le temps avait avalé deux mois depuis son arrivé dans le pays de la chancelière Angela Merkel ou des érudits philosophes et poètes tels que Nietzsche, Heidegger, Hölderlin ou encore Goethe, etc. Il travaillait dans une maison de retraite et s'occupait des personnes âgées. Il était à leur petit soin, leur offrait son temps et recevait toute sorte de récompenses : injures, railleries camouflées, mais aussi son salaire (ce pour quoi il avait fait tout ce voyage). Mais ce salaire qu'il avait tant convoité étant sur la terre d'Ivoire n'était guère suffisant, car le coût de la vie en Allemagne différait de celui en Côte d'Ivoire. Et il y avait aussi toutes ses personnes qui, restées en Côte d'Ivoire, lui réclamaient de l'argent. Il avait essayé de savoir s'il était le seul à être à court d'argent en plein milieu du mois, mais grande fut sa surprise d'apprendre qu'il était dans le même bateau que tous les autres jeunes Africains qui étaient venus des quatre coins de l'Afrique pour s'engager au service de l'Allemagne et qui espéraient faire fortune et investir au pays. Ce plan semblait être voué à l'échec ou alors si l'on voulait le réaliser dans ce cas il faudrait être extrêmement minimaliste. Or l'Africain ne pouvait l'être à l'extrême.

Ces amis Rodolphe et Crépin avaient obtenu leur bourse d'études et étaient venus. Quant à Isidore et N'da, ils étaient venus également en tant que des volontaires et exerçaient le même boulot que lui mais l'un dans un hôpital et l'autre dans un centre pour autistes. Or quand bien même ils vivaient séparément dans de différentes villes, ils étaient tous toujours en galère. Le pays avait changé, les conditions de travail, les heures de travail n'étaient plus les mêmes. Mais une seule chose n'avait pas changé la condition de vie ; et lorsque la solitude s'ajoutait à cela, ils vivaient alors un doux enfer où ils mouraient dans leurs chairs. Tous les jeunes Africains vivants en Allemagne, y compris lui-même, ne vivaient plus ; tous survivaient, égrenaient les jours de la semaine et les semaines du mois attendant avec impatience leurs salaires qu'ils dépenseront aussitôt sans même s'en rendre compte. C'était ainsi qu'il vivait dans la crainte constante. Le temps était passé, les saisons s'étaient succédé mais la galère, elle n'avait guère bougé, elle demeurait. Elle avait le même visage partout. Elle n'était pas plus laide en Côte d'Ivoire qu'en Allemagne. Elle avait fait de tous ces jeunes de la diaspora des vieux pensifs qui dormaient peu.

Un soir tard dans la nuit, après s'être longuement entretenu avec son frère au téléphone à propos des problèmes financiers de la famille, Marcus Tuehi Bi âgé de 20 ans s'était rappelé leur slogan, il afficha un léger sourire dans le coin de la bouche : « on s'était trompé, on avait ignoré maints détails ; la galère d'ici n'était en rien mieux que celle en Côte d'Ivoire. » affirma-t-il dans l'ombre de sa chambre.

Le prix des Blancs

Nous nous étions vus la première fois à "Goethe-institut" autour de la *"Table ronde". La table ronde* était un moment d'échange en allemand entre des étudiants du département d'étude germanique et quelques Allemands vivants en Côte d'Ivoire, qui pour la plupart étaient également des étudiants en stage dans les institutions allemandes qui se trouvaient sur le territoire ivoirien. Ces jeunes stagiaires qui ne faisaient pas plus d'un an sur la terre d'Éburnie, retournaient dans leur pays après leurs stages mais la plupart d'entre eux tombaient amoureux de la Côte d'Ivoire et y revenaient constamment. Elle, c'était la première fois qu'elle y mettait les pieds, c'était même son premier jour dans un pays africain. Elle était assise, timide et n'osait se joindre au brouhaha qu'occasionnait notre bavardage avant le début de la séance. Lorsqu'il fut l'heure de débuter, la modératrice comme le veut la tradition de ce moment d'échange, souhaita que tout le monde se présentât, et ce en ouvrant elle-même la marche. Tout le monde, sauf la nouvelle et moi, s'était présenté. Ce fut alors mon tour :

— Je suis Marius, étudiant en licence 3 au département de germanistique. M'étais-je présenté ? Après ma courte présentation vint alors son tour. Elle sourit puis dit :

— Salut à tous, je me nomme Julianne, je suis étudiante en troisième année de relations internationales. Je suis en Côte d'Ivoire pour un stage d'une durée de cinq mois ici à Goethe-institut. Et je précise que je suis arrivé hier tard dans la nuit. Aujourd'hui est donc mon premier jour ici en Côte d'Ivoire et aussi en Afrique.

Sur ces mots, comme de bons Africains, nous lui souhaitâmes la bienvenue. Elle sourit à nouveau et toucha ses verres pour mieux les replacer sur son fin nez. Elle était grande de taille ; elle mesurait environ le mètre quatre-vingt-dix. Sa grande taille était coiffée d'une chevelure longue et blonde qui lui descendait jusque dans le dos ; ses cheveux jaune-or luisaient même dans une nuit sombre en absence de toute source lumineuse. Son petit et sublimissime visage rond exposait les talents d'artiste de Dieu. Son coup maigre posé sur sa fine corpulence lui donnait l'élégance d'une girafe dans la savane africaine, ses ongles des doigts étaient taillés avec soin et on y lisait le sérieux de sa personne. Après sa présentation elle demeura muette jusqu'à la fin de l'échange. Lorsque la séance fut conclue par la modératrice, nous (mes amis et moi) rentrâmes à la maison. Nous n'avions cessé de louer la magnificence de la nouvelle et ravissante Julianne. Nous étions unanimes sur sa sulfureuse beauté mais d'aucuns, particulièrement moi, la trouvions beaucoup trop élancée. En revanche Roger, l'un de mes amis l'estimait parfaite et à son goût ; il reçut donc les encouragements des autres y compris les miens. Nous voulions qu'il lui fasse la cour, et qu'il couchât avec elle, pas parce qu'il était amoureux d'elle, mais par pur plaisir d'avoir à goûter de la « chair blanche ». Nous rentrâmes ce soir-là et nous continuâmes à évoquer son nom dans nos causettes sur la gent féminine. Nous parlâmes d'elle au dîner, lors de simples ballades sous les quelques lampadaires de l'université, pendant toute cette nuit-là, également le lendemain, aussi le jour suivant, ainsi de suite pendant une semaine en attendant impatiemment de la revoir au tour de la prochaine *Table ronde*. Un jour je croisai, lors d'une promenade dans l'immense cour de l'université, Élie, un jeune étudiant au département. Il était en Master mais cela ne se remarquait ; pas parce qu'il était nul à l'école mais parce qu'il était humble. D'ailleurs tous les grand-frères, c'est ainsi qu'on appelait les étudiants en année supérieure, étaient des personnes sympathiques contrairement à ceux des autres départements selon les rumeurs que nous (étudiants du département d'allemand) propagions. Ainsi j'avais rencontré Élie, nous nous saluâmes et il demanda :

— Marius, veux-tu venir avec nous à la plage le week-end prochain ?

— Tu y vas avec qui ? Cette question sous-entendait que j'étais partant.

— Il y aura mon amie Pauline, Julianne la nouvelle venue, et d'autres personnes. Tu peux même inviter tes amis, répondit-il. C'est sur ces mots que nous nous dîmes au revoir. Dans la soirée, je parlai à mes amis qui sans demander un temps pour réfléchir à la proposition, l'acceptèrent. Et vu qu'aucun d'entre nous n'avait, depuis la dernière séance de la table ronde, vu la blonde à la chevelure dorée, nous étions tous impatients mais Roger l'était encore plus.

Les jours firent leur défilé habituel, le dimanche était enfin arrivé. J'entendis des voix au pied du bâtiment dans lequel je vivais, hurler mon nom. Je n'eus guère besoin d'y jeter un coup d'œil pour savoir de qui il s'agissait. C'étaient mes amis Roger, Prosper, Christophe et son frère cadet Martial. Je descendis avec précipitation les rejoindre. Il était huit heures lorsque notre groupuscule se rendit au portail de l'université, le lieu de rendez-vous avec les autres. Nous étions visiblement en retard et fûmes accueillis de loin par une blague à propos de la fameuse heure africaine lancée par Élie, notre inviteur. Ce qui fit dérider ses amis allemands. En effet, Ils avaient attendu environ une vingtaine de minutes avant de nous voir pointer nos nez hors de l'enceinte de l'université. Nous nous joignîmes à eux, tout en nous excusant de notre retard. Après quoi, nous nous mîmes tous en route pour Yopougon, de là nous prendrions une camionnette en partance pour Jacqueville, là où nous attendait la belle plage dont le fin sable serait déjà assez chaud et bon à masser nos pieds.

Le voyage jusque dans « la ville du colon Jacque » s'était déroulé à merveille. Nous avions appris à faire connaissance. Chacun connaissait dorénavant le nom des autres membres du groupe. Tout le monde causait avec tout le monde. L'on se faisait des blagues et on en riait. L'atmosphère qui au départ était tendue, avait commencé à faire place à celle de l'amitié, enfin c'est ce que je croyais. Nous étions arrivés à Jacqueville qui contre notre attente n'était pas le lieu de destination. En fait, nous devions aller à la lagune et non à la plage comme me l'avait dit Élie. Mes amis et moi comprîmes que nous devions retirer de l'argent, car à cause de notre retard nous n'avions eu le temps de le faire ni au sein de l'université, ni à Yopougon. Nous avions besoin de cet argent pour payer l'entrée du lieu au bord de la lagune. Car contrairement à l'entrée de la plage qui coûtait seulement 500 francs CFA, celle de la lagune coûtait 5000 francs CFA par personne sans compter d'autres dépenses supplémentaires. Nous avions fait part de notre gênante situation, puis Pauline dans un français saccadé nous avait dit :

— Je peux vous louer de l'argent, si vous voulez. Cela signifiait qu'elle voulait nous prêter de l'argent qu'on pouvait lui rembourser lorsque nous serions de retour dans la capitale économique ivoirienne. Cette préconisation était la bienvenue mais les événements en eux-mêmes étaient pour nous très honteux. Nos égos comme d'un commun accord se sentaient humiliés. À travers cette situation nous venions de confirmer la théorie selon laquelle les Africains ou, disons plutôt les Africains Noirs étaient des pauvres, des misérables à qui l'on devait toujours tendre la main. Nous venions de donner la preuve indéniable aux jeunes „Whity" que notre race tant dénigrée à travers leurs médias, et volée par leurs États était bien ce qu'on racontait d'elle. Nous n'étions pas gênés pour nous-mêmes mais plutôt pour toute l'Afrique noire, car nous avions à travers cet instant, ce geste de Pauline l'impression de leur avoir confirmé une théorie qu'ils se murmuraient entre eux depuis des siècles, bien avant la colonisation. Nous avions mal, nous étions tous subitement devenus tristes, mais nous n'avions guère le choix. Si, nous l'avions ! Et nous fîmes le choix de ne point avoir le choix ; alors nous prîmes l'argent et promîmes de le rendre aussitôt que nous serions de retour à Abidjan. Après ce moment de confrontation raciale non verbalisée, ni même démontrée par une quelconque action, car toute la lutte s'était déroulée dans nos esprits qui depuis la colonisation se mettaient sur la défensive face à des Européens ou même des personnes de peau blanche. Nous étions tous des racistes formés et forgés par le système qui le voulait ainsi. Après ce moment de lourde brouille mentale et irrationnelle, nous étions tous à nouveau ensemble et conversions à propos de tout. Nous partîmes ensuite pour cet endroit secret connu uniquement d'Élie. Ce fut une magnifique journée, nous avions nagé, mangé à satiété, joué comme des gamins ; tout le monde était heureux.

Après des mois de fréquentation presque quotidienne, Julianne qui n'était plus nouvelle et moi, étions devenus des amis. Elle était l'amie de tous, des allemands comme celles des ivoiriens. Elle avait l'air différente des jeunes allemands que nous avions connus jusque-là. Elle accordait de l'importance à l'amitié ; elle ne te souriait pas aujourd'hui pour ensuite t'ignorer demain. Elle était vraie et c'est ce qui fit véritablement tomber Roger sous son charme. Il parlait d'elle tout le temps, de son sourire qui l'envoutait, de sa taille qui le fascinait, de sa façon de s'exprimer en français qu'il trouvait mignonne, de ses iris bleu ciel qui l'hypnotisaient. Il en devenait dingue. Alors je le conseillai de la faire sortir et de lui avouer sa flamme lors de la balade, car j'étais persuadé que les Blanches ne pouvaient pas résister à un homme romantique. Il fit sans remettre en question mes propos ; il l'emmena au festival de glace. Il lui avoua ses sentiments, puis il l'embrassa. À leur retour à l'université, il resta avec elle pour la convaincre davantage, car elle était perplexe et doutait de la durabilité de la relation qu'il pourrait avoir entre elle et lui. Il insista. Mais elle finit par lui dire qu'elle ne pouvait être avec lui. Elle était méfiante quant aux relations interculturelles, elle s'étonnait de l'amour qu'éprouve un jeune Noir pour une Blanche. Elle se posait d'innombrables questions, car elle (comme elle me l'avoua plus tard) était draguée par maints jeunes. Elle se demandait s'ils ne la draguaient pas juste parce qu'ils la trouvaient Blanche ou s'ils l'aimaient réellement. Elle n'avait jamais vécu une relation amoureuse et tout cela tentait tout d'un coup d'apparaître dans sa vie. Elle en était troublée, elle ne savait à qui se confier. Alors elle se tourna vers moi, car elle pensait qu'il n'y avait que moi qui ne voulais pas d'elle dans mon lit. Elle avait raison, je suis issue de la communauté noire donc je sais qu'elle n'avait point tort. On pouvait se voiler la face, se taper la poitrine et prôner notre négritude de vive voix mais on le savait du fond de notre cœur qu'elle avait raison de se méfier de tous ces jeunes Noirs qui s'approchaient d'elle. Nous savions entre nous que personne ne l'aimait véritablement même pas Roger, lui comme les autres voulaient coucher avec elle et s'en vanter fièrement auprès de leurs amis. Pour certains c'était seulement cela mais d'autres voyaient en elle la source de leur richesse, leur billet d'avion pour l'Europe ou le financement de leurs projets. Pour beaucoup d'Africains, être blanc signifie être riche.

Je pris réellement conscience de cette absurdité lorsque je l'emmenai chez ma mère à l'ouest de la Côte d'Ivoire. Elle était en fin de stage et désirait connaître l'ouest du territoire ivoirien. La période qu'elle avait choisie correspondait à celle de mes vacances alors je lui proposai de passer la nuit chez nous en famille, cela lui permettrait d'économiser pour la nourriture et pour l'hôtel. Elle avait joyeusement accueilli la suggestion. Nous étions allés à Danané, chez ma mère. Elle y était dorlotée non pas seulement de ma mère mais de tout le monde. Elle recevait des cadeaux des personnes qu'elle ne connaissait pas. Elle était invitée par certains alors j'allais avec elle. D'autres venaient à la maison lui rendre visite. Ils lui souriaient sans grande raison; pour peu qu'elle parlât même si ce qu'elle disait n'était pas drôle. Tout le monde souriait, parce que c'était elle la Blanche. Tout le monde imitait un ton doux et faisait l'effort de soigner son français quand il lui adressait la parole. Tout le monde l'aimait, la jugeait bien sans même la connaître. La plupart croyaient que nous sortions ensemble et me félicitaient. Quand je leur disais qu'elle n'était qu'une simple amie, personne ne me croyait. Ils pensaient tous que je voulais garder jalousement notre secret. Ce spectacle absurde m'irritait, j'étais en colère contre tous, contre l'hypocrisie des Noirs, mais là ils ne faisaient pas semblant. Ils se comportaient tous comme des clowns pour qu'elle leur jetât une œillade et un sourire. C'était de la discrimination raciale, et elle en jouissait. La race noire élevait la race blanche même sans y être forcée et cela se déroulait sous mes yeux. J'avais la haine pas contre elle, mais contre ces racistes de nègres qui adoraient l'homme blanc.

Pourtant si pendant que la majorité la cajolait, lui étalait ses plus beaux pagnes, il y avait la minorité qui de l'autre côté la haïssait du plus profond de son âme. Car selon la vision et compréhension de cette tranche, l'humain de couleur blanche était la cause indiscutable de la misère dont souffrait l'Afrique. Elle accusait les Blancs de pillage des ressources africaines qu'elles soient minières ou vivrières ; de l'exploitation abusive des forêts africaines, de l'anéantissement de la culture et des religions africaines, de déclencher la guerre dans les États africains pour camoufler leur marmaille, leur vol. Et comme elle était Blanche, elle était détestée à cause de ce dont elle ne savait que dalle. Certaines personnes lui vendaient des objets de moindre coût à des prix exorbitants. Lors de notre séjour dans l'ouest Ivorien, nous étions allés à Man, l'une des plus grandes villes du grand ouest, pour visiter les sites touristiques du terroir. À l'entrée de chacun de ces endroits, je fus fortement bousculé par certains propos. En effet les guides touristiques de ces lieux, qui pour la plupart étaient des jeunes vivants dans les villages alentour, nous avaient présenté deux tarifs ; l'un d'entre eux avait dit en s'adressant à moi :

— Pour toi c'est 500, pour elle c'est 2000. Je fus choqué par ses propos alors je voulus comprendre l'énorme différence qu'il y avait entre les deux prix.

— Pourquoi dois-je payer aussi moins cher et elle quatre fois plus que ce que je paie ? Interrogeai-je mon interlocuteur.

— C'est comme ça, c'est le prix des blancs. Les blancs paient beaucoup parce qu'ils ont beaucoup d'argent. Avait-il répondu.

Je sentis mon sang bouillonner, j'en avais marre de toutes ces idioties, de ces théories racistes. Je voulus qu'on retournât à la maison mais elle avait souhaité qu'on visitât l'endroit. C'était d'ailleurs ce pour quoi elle avait quitté Abidjan pour se retrouver dans l'ouest de mon pays. Nous payâmes et visitâmes les différents endroits ce qui fit la grande joie des guides. Après toutes ces visites, nous rentrâmes à Abidjan. Le soir de notre arrivée à Abidjan, après l'avoir laissée en face de son bâtiment, j'allai dans le mien. Dans ma chambre je ne pus m'empêcher de rédiger un poème pour exprimer ma rage contre tout ce que j'avais vu et vécu lors de ces vacances :

Le Prix des Blancs

« Je suis noir et fier ! »
Tel est mon cri de guerre
Moi, le nègre des champs
Qui dit racistes les blancs gens.

Je porte aux aveugles yeux du monde
Leurs actes atrocement immondes
Et assis dans la sombre pénombre
J'ai de hideux actes que j'obombre.

Sous le soleil je déclare
Qu'aux singes ils me comparent
Mais sous de ténébreux regards,

Que d'injustice à leur égard.

Dans mon dictionnaire des synonymes
Ils ont « cochon » pour homonyme
À leur vue, ce qui m'anime
C'est un rire jaune arrogantissime

Et dans mes rugueuses mains l'arc d'hypocrisie ;
Sur une croix de présomptions, je les crucifie.
Comme un bon guerrier est toujours fier de l'être,
La vantardise s'érige en racine à mon être,

Lorsque de la vente aux enchères de mes aïeux
Des débris de souvenirs dans mon esprit trottent.
Et pour qu'ils visitent la belle nature, dont je suis l'hôte
Je fixe rigoureusement leur prix haut comme les cieux.

Je hurle partout : « stop au racisme ! »
Mais ici debout
Je les traite de vaniteux toubabous
Voleurs, pilleurs, plein de mésestimes
Coupables d'odieux crimes
Qui ont enseveli mes ancêtres
Et dont souffre ma Terre.

« Je suis noir et fier ! »
Tel est mon cri de guerre
Moi, le nègre des champs
Qui dit racistes les blanches gens.

Lorsque j'eus fini d'écrire mon texte, je remarquai
que Julianne m'avait laissé des messages dans lesquels

elle racontait qu'elle venait de se faire brutaliser par un membre de la FESCI. Quand je demandai pourquoi, elle répondit :

— Il m'a traité de sale blanche et m'a dit que je n'avais rien à faire en Côte d'Ivoire encore moins sur le campus supposé être celui des étudiants ivoiriens et que si ces derniers manquaient de chambres c'était parce que des étrangers comme moi avait envahi leurs dortoirs, que je devais retourner chez moi, dans mon pays, si je tenais à ma vie.

Des gens comme ce membre de la FESCI il y en avait plein en Côte d'Ivoire, des panafricains qui se plaignaient sans cesse de la race blanche sans jamais proposer ou entreprendre des activités pour sortir leur tant aimé continent de son état piteux et ridiculisé. « Ceux-là, ce sont des pannes africaines, ils sont ridicules et niais. » Avais-je répondu.

TABLE DES MATIÈRES

Réalisation des maquettes : **Guékourougo N**

09 BP 3232 ABIDJAN 09
TEL : (+225) 0757 449 900
Site : www.gnk-editions.com

ISBN papier : 978-2-37806-310-8
ISBN pdf : 978-2-37806-311-5
ISBN epub : 978-2-37806-312-2

Imprimé en Côte d'Ivoire par **GNK Impression**
gnk.impression@gmail.com/(+225) 0757 449 900
Dépôt légal N° 17010 du 30 Novembre 2020
4ᵉ Trimestre 2020